娘と嫁と孫とわたし

藤堂志津子

集英社文庫

もくじ

娘と嫁と孫とわたし

第一話　嫁の恋

夜の九時少し前に嫁の里子《さとこ》からメールが送られてきた。

「これから帰ります」

きょうは残業があると言って出勤していった。いつもは夕方の六時すぎには帰宅する。

テレビをつけたまま、関野寺玉子《せきのでらたまこ》はキッチンに立った。リビングとひとつづきになっている造りのキッチンである。

今夜の夕食は、孫の春子《はるこ》がリクエストしてきたトンカツを中心にポテトサラダと野菜の煮ものだったけれど、(揚げものは胃にもたれがちで……)と最近そんなふうにつぶやいている里子のため、トンカツのかわりに豚肉のしょうが焼きを用意しておいた。

「四十歳にもなると、やっぱり内臓から弱ってくるものなのでしょうか、おかあさん」

「あら、じゃあ、わたしはどうすればいいの、里子さんより二十五も上のわたしは」

六十五歳になる玉子は、加齢による食欲の衰えもなく、春子と同量のぶあついトンカツをぺろりとたいらげて平気だった。胸やけもしなければ、消化不良で苦しんだことも、いまのところ一度もない。

冷蔵庫からロース肉をとりだし、自家製のタレをからめる。里子が帰宅するまでの二、三十分、そうしておけばほどよく味がしみこむ。つけあわせのキャベツも、あらかじめ里子用にとりわけておいたのを細くきざむ。細切りキャベツ専用の調理具も、当時まだ小学生だった春子から誕生日プレゼントとしてもらったのがあるのだけれど、包丁によるのと、スライサーを使ってのそれは、微妙に舌ざわりが違い、包丁の勝ち、と、これは里子と玉子の一致した好みと感想だった。ただし春子には言っていない。

それでも何かを感じるのか、春子は、ときおり、しかも唐突に、玉子をためすように投げかけてくる。

「おばあちゃん、わたしのあげたキャベツ用のスライサー、使ってくれている?」

すみやかに玉子は応じる。

「ええ、ありがとうね。春子ちゃん。大助かりよ」

スライサーは、しかし、春子にとって単なるスライサーだけにとどまらない、重要な役目を託したものらしく、しばらくすると、またきいてくる。その気配を察するから、玉子もまじめに根気よく答えつづける。

「ほんとに助かってるの？」

「そうよ、大助かり」

「でも、この前、使ってなかった」

「違うの。スライサーがあるのを、おばあちゃん、うっかり忘れてたの。ほら、おばあちゃんの物忘れのひどさ、あなたも知ってるでしょ」

「うん」

「だからね、そういうこと」

「ふうん……まあ、いいけど……おかあさんもときどき忘れるんだよね、スライサーがあるのを」

テレビはきょうの未明に起こった交通事故のニュースを伝えていた。死者三名、重体三名、意識不明一名という大惨事で、ふたつの家族それぞれが死者をだしていた。

玉子は思わず包丁を握る手をとめた。

息をつめ、神経を集中させて、自分の心身の反応をうかがう。

数秒後、おそるおそる緊張をゆるめる。

だいじょうぶそうだった。

春子が高校生になったこの春あたりから、少しずつ回復のきざしがみえてきた。

それまでの玉子は、テレビなどから交通事故のニュースが目や耳にとびこんでくるたびにパニックにおそわれた。突然のふるえ、大量の汗、耳なり、吐き気、過呼吸といった症状に苦しめられた。

五年前に息子の和佐《かずさ》を交通事故で失くしていた。三十五歳の若さだった。和佐は歩道を歩いていただけである。平日の午後、勤務先をでて仕事の打ちあわせ先にむかっているとき、歩道に乗りあげ暴走してきた乗用車にはねられた。運転していたのは五十代の男性で、ハンドルを握ったまま心臓発作を起こしたらしい。車は和佐をはね、電柱にぶつかってようやく停止した。停止した車のなかで、男性はすでに死んでいた。

息子の和佐が早世したとき、この世にこんな苦しみやつらさや悲しみがあったのかと思うほどに玉子は打ちのめされた。はたして自分はいま生きているのか、死んでいるのか、その現実感さえなかった。ただ漂っていた。

いっときは体重が十キロほどもへってしまった玉子だったが、やがて少しずつ正気にひきもどしてくれたのは、嫁の里子と孫の春子の存在だった。

和佐は二十五歳で結婚した。結婚と同時に親もとをはなれ、賃貸マンションで新婚生活をスタートさせた。同じこの街の南区のほうである。玉子が住むのは西区で、息子夫婦が同居を望めば、それも可能な二階スペースがあいている一軒家だったものの、だれからもその話が持ちだされなかったことに、じつは玉子はほっとしていた。

この先、何があっても息子夫婦の世話にはならない、と言いきるほどの自信と度胸はないけれど、当時の玉子はようやく五十歳になったばかりだった。老けこむにはまだまだ早く、実際、気力と体力の点からしても、むしろ二、三十代のころより充実していた。おそらく若い時分の、世間や人間関係に対する漠然とした、しかし晴れることのない遠慮や不安やおびえといった生きるうえでとりのぞけないストレスが、五十歳にもなるとしぜんと薄らいでくるからだろう。もちろん、個人差はある。玉子にしても、そうしたすべてのストレスから解放されたとは言えないにしろ、ずいぶんとらくになり、(人生、さあ、これから)とひそかに思っていたところなのだ。それが息子夫婦と同居となると、人生プランはまるで違ってくる。

息子の結婚に不満であるとか、嫁が気に入らないといったことでは、ぜんぜんなかった。相手がだれであれ、ひとつ屋根の下で暮らすこと自体がストレスを呼びこんでくる。そういうことだった。

この十年間、ほどよく距離を置いていたためか、嫁姑《よめしゅうとめ》の関係は悪くはなかった。玉子と里子、どちらも相手の側にふみこみすぎなかったためだろう。他人行儀、というルールを、たがいに、それとなく、きっちりと守りつづけてもきた。

だが、和佐の突然の死ですべてが変わった。

生きているのか死んでいるのか自分でも判然としない、あやふやな日々が一年近くつづき、やがて頭のなかにたちこめていた苦しみの濃霧が少しずつ消えかかってきたある日、ふいに玉子は気づいた。どうして里子と春子がこんなにも毎日うちにいるのだろう。同居したおぼえはないのに。

里子が中古の軽乗用車を運転してやってくるのは夕方だった。春子の小学校の下校時間にあわせて迎えにいき、そのまま玉子のもとへむかう。ふつうなら十五分でつく距離が、慎重にも慎重をかさねた安全運転のために三十五分はかかる。亡夫の不幸な事故を思うと、運転は当分ひかえるべきではあるものの、里子たちの自宅から玉子のところへいくには、三路線のバスの乗りかえが必要で、しかもいずれも本数が少ない。だからこの際タクシーを使う、という発想は、しかし専業主婦歴十年の里子には許されない贅沢《ぜいたく》だった。

「そういうわけで、おかあさん、気にさわるでしょうが、これだけはどうか目をつぶってください。春子ちゃんもいるのですから、けっしてあぶない運転はしません。約束します」

亡夫の実家にやってきた里子は、すぐさま家事にとりかかる。息子を失ったショックで、茫然自失《ぼうぜんじしつ》の状態がずっとつづいている玉子にかわって、まずは洗濯だった。洗濯機をまわしつつ、家中に掃除機をかけ、それが終わると、夕食の仕度にとりかかる。前日のうちに冷蔵庫の中味を確かめておき、くる途中で買いたしてきた材料で数品の料理を手早くつくる。短期間で十キロ近くやせた玉子が少しでも食欲がわくようにと、味つけや盛りつけが工夫されているのは、ひと目でわかった。

といっても、けっして高価な材料ではなく、倹約が体の一部分となっている主婦ならではの低価格メニューが多かった。もやしと豆腐の料理がひんぱんに食卓にのぼった。キッチンに立ちながら、里子は春子を食卓のすみにつかせて宿題をやらせた。その教え方は根気よく、ものの言い方もおだやかで、そばでぼんやり聞いている玉子を、つかのま正気にもどらせるぐらいの聡明《そうめい》さがあった。そのたびに玉子は目の前の里子に感心するよりも、亡き息子の嫁選びの堅実さを思い、またあらたな悲しみに胸をつまらせた。

玉子の家で夕食をすませ、ひと休みしたあと、母娘ともども入浴もここですませていくようになったのは、何がきっかけだったろうか。玉子はおぼえていない。

口数も少なく黙々と家事に専念しているはずの里子が、ふっとかき消えたように見えなくなるとき、その姿は奥の座敷にしつらえてある和佐の仏壇の前にあった。正座し、うなだれ、無言のまま。身じろぎもしない。

仏壇の前は死後一年たっても、色とりどりの花でうめつくされていた。葬儀用の蠟燭《ろうそく》を、修飾性と色彩感にとんだ何本もの大中小のキャンドルにかえ、線香も日によってはお香のにおいに切りかえて、とぎれることがなかった。

仏壇まわりは玉子の特権だった。だれにもまかせられなかった。口だしも許さない。飾りつけのひとつひとつに心をくだき、それをしているときだけ、悲しみとつらさはうすらいだ。

しかし、自分と同じくらい、いや、もしかするとそれ以上に里子は喪失感に苦しんでいるのかもしれないと、ようやく、そこに思いがいたった。和佐の死から一年がすぎていた。

その日、あらかたの家事をすませた里子が奥の座敷にむかうのを見た玉子は、やや時間をおいてから、あとを追った。孫の春子にはあまり聞かせたくない話を、とりあえず、しなくてはならない。

仏壇の前にうなだれている里子のうしろから、玉子はそっと声をかけた。

「……ちょっといいかしら」

「はい」

「里子さんにはお礼を言わなくっちゃね。この一年間ずっと支えてきてくれたこと」

「いえ、お礼だなんて。勝手に押しかけてきて、かえって、おかあさんの迷惑じゃなかったか、と」

「まさか。そんなこと、思うはずもないでしょう」

「この家にきて、和佐さんの育ってきたこの家のにおいのなかにいて、和佐さんをうんでくれたおかあさんのそばにいて、それで、ようやっと、わたし、この一年、生きてこれました。春子ちゃんには申しわけないけれど、あの子とふたりだけだと、わたし、不安で、心もとなくて……どうしても、ここにきてしまうんです」

「……だらしのない姑なのに……自分のことだけで精一杯で、少しもあなたや春子ちゃんの頼りにならなくて」

「でも、和佐さんが亡くなったことを、わたしと同じくらい悲しんでくれています。わたしの悲しみをわかってくれるのは、おかあさんだけです。このことって、ものすごく大きいんです。わたしにとっては」

玉子はそのことばに、心のうちで、ほとんど反射的にうなずいていた。玉子も心のどこかで里子をそのように見ていた。この悲しみを分かちあえる相手がいるとしたなら、おそらくそれは里子だけだろう、と。春子はまだ幼すぎた。

「あのね、どんなふうに言っても誤解されるのを承知で、でも言っておかなければならないので、あえて言うのだけれど、里子さん、春子ちゃんのためにも先々のことを考えなくてはね。もう一年もたったことだし」

「はい」

「たとえば、あなたのご実家に、とりあえずもどるとか」

「………」

「ご両親も心配されているでしょう」

「……実家にはもどりません」

うつむきがちに里子はそう答えた。

「……そう」

「おかあさん」

あらたまった口調だった。

「はい？」

「おかあさん、春子ちゃんとも相談したのですけれど、わたしと春子ちゃんを、ここに置いてもらえませんか？　一緒に暮らすのはだめでしょうか」

予想外のことばに一瞬息をのんだものの、玉子もそれは考えないでもなかった。

だが同居後のプラス面とマイナス面が、同時に次々と想像されてきて、結局は、考えることをやめていた。

「里子さんのご両親はどう思われるかしら」

「あのひとたちは関係ありませんッ」

いつになくきつい調子に、玉子はどきりとした。実家の両親やきょうだいたちについては、あたりさわりのない範囲でしか聞かされていないけれど、里子なりの屈折があるのかもしれなかった。

「いますぐご返事はむりでしょうから、おかあさん、とにかく一応考えておいてもらえますか」

「……そうねえ」

その場ではどっちつかずの煮えきらない玉子の態度であり顔つきだったが、それから一ヵ月とたたずに里子と春子は玉子の家に越してきた。

こうとなったら一日でも早く、と玉子がせっついたのである。

おかあさんと同居したい、という嫁からの頼みは、おかしなぐらい玉子の気持ちをあかるくさせた。日がたつほどに喜びは強まった。

嫁と孫にきらわれてはいない、息子が死んでからも慕ってくれている、と解釈してもいいであろう里子からの同居の提案は、いっとき息子の死さえ忘れさせるほど、玉子を有頂天にさせた。

ふたりが引越してきた日の晩、引越しそばを中心にした晩ごはんのテーブルを三人で囲みつつ、楽しさに調子づき、あやうく玉子は失言するところだった。

「あら、春子ちゃんのパパはどこ？」


六月のなかばとなったこの季節、関野寺家の食事どきの飲みものは、ノンカフェインの麦茶だった。冷蔵庫には麦茶が常備されている。

残業をおえて帰宅した里子は、食事のテーブルにつく前に、まずは麦茶をとりだそうと冷蔵庫をあけ、そして言った。

「まあ、わたしだけしょうが焼きにしてくれたんですね。すいません、おかあさん」

あしたの春子の弁当用のトンカツを、わざと里子の目の高さの段の、しかも手前にラップをかけて冷蔵庫に入れておき、里子にそう言わせるのに成功して、玉子はまんざらでもなかった。もちろん、きょうはしょうが焼きだといち早く里子に告げておいたうえでの段取りである。

こういうのを姑根性というのだろうな、といった自覚はある。いやらしいものだ、と自分をつきはなす客観性も、とりあえず、あるにはある。

しかし、やめられなかった。こんなふうに自分の存在をそれとなくアピールしておきたいのと、里子の側に油断はないかのチェックにもなるからだ。玉子へのちょっとした気づかいを忘れていないかどうかである。

里子の謝意を、しかし、いかにもことなげに聞き流し、玉子はガス台の前に立ち、手にしたフライパンを温めた。

「そんなことよりも、早くすわって。しょうが焼きは、火を入れるとあっというまにできちゃうから」

熱したフライパンにタレにつけこんでおいた豚肉を入れると、たちまちキッチンのなかは香ばしいにおいにあふれた。あらかじめ換気扇をまわし、東西ふたつの窓をあけておいても、おいしさの強烈なにおいとけむりは、立ち往生したようにキッチンにこもって動かない。風のほとんどない夜だった。

「はい、どうぞ」

テーブルについた里子の目の前の皿に、しょうが焼きをのせる。

「いただきます」

の里子の声にかぶさるように、別の声がとんできた。

「んまあ、いいにおい。そしてまた、うるわしい、嫁と姑の構図ですこと」

娘の葉絵《はえ》だった。

箸を手にした里子の動きがつかのま停止し、表情が消え、かすかな緊張がその横顔に走った。

玉子も身がまえた。顔から笑みをかき消し、葉絵が何を言ってこようとも、ほどよくあしらう心がまえを、瞬時にととのえる。

里子よりふたつ若い三十八歳の葉絵は、いまは二回目の結婚をし、初婚の場合と同じく子宝にはめぐまれないにしろ、はたからすると、何不自由のない贅沢でわがまま仕放題の暮らしぶりだった。なのに、しょっちゅう実家《さと》帰りしてきては、この家の空気をかき乱す。

ターゲットはもっぱら母の玉子である。

からんで、からんで、からみ抜く。

葉絵に言わせると、そうされても仕方がないだけのことを、玉子は娘にやらかしてきたのだという。まぎれもなく、あれは「心理的虐待」だったと、葉絵は言い張りつづけている。

そして、成人した子供からそう糾弾される世の親たちの多くがそうであるように、玉子にはそのような記憶はまったくない。

玉子なりに息子の和佐も、娘の葉絵も、同じように愛情をもって育ててきた。その気持ちには一点のごまかしもないと胸をはって言いきれた。

「そこよ、その前提がすでにまちがっているのよッ」

と、そのたびに葉絵はヒステリックにわめく。

「同じじゃなかったでしょうが。なんだってお兄ちゃん優先で、わたしのことはあとまわし。とにかく男の子が大事で、女の子はどうでもいい。おかあさんは、そういう母親だったじゃないの」

「だから、それはあなたの誤解で……」

「いいえ、誤解じゃない。だったら、どうしてお兄ちゃんだけ学習塾に通わせて、わたしはいかせてくれなかったのよッ」

「いきたいって、あなた、言わなかった」

「ちがうの。言えなかった。おかあさんたちが、わたしのこと、どうでもいいと思ってるのがわかっていたから」

「そうじゃないでしょう、はあちゃん」

はあちゃんとは葉絵の幼い時分からの愛称である。

「いまさら言いたくもないけれど、お兄ちゃんの学校の成績は、けっして悪くなかったにしても、あなたほど優秀ではなかった。で、せめて少しでもあなたに近づきたい、と。お兄ちゃんも内心ではそう思って、あせっていたのよ。妹にものすごい差をつけられて」

「お兄ちゃん、プライドは高かったからね」

「はあちゃんは塾にいかなくても、公立の薬科大学にストレートに合格して薬剤師の国家試験もすんなりパスした。あんなにバイトばかりして、勉強する時間があるのかって心配していたのに。そのくらい、あなたは優秀だった」

「おかあさんは、わたしのこと、何もわかってないのね。わたしの目標は医者《ドクター》になることだったのよ。ほんとはね。けど、塾に通わせてもらえないから、成績もあれ以上のびなくて、で、仕方なく薬剤師の道を選んだわけよ」

こうしたやりとりは、手をかえ品をかえ、二十年近くかわされつづけてきた。

いつになったら葉絵のこの種の攻撃がおさまってくれるのだろう、と最初のころこそ玉子はうんざりしつつも、娘が精神的に大人になることを期待し、願っていたけれど、いまではもう、あきらめていた。

いくら年月をへても、これに関する限り、葉絵は成長してくれなかった。それだけ母から受けた傷は深いのだと、彼女の言いぶんとしては、そうなるらしい。

葉絵をないがしろにしたという記憶も意識も自覚もない玉子としては、まったく不本意ながらも、それで娘の気持ちが晴れるのならと、からまれるたびに謝りつづけた時期もあった。

「ごめんなさい、おかあさんが悪かったわ」

「はあちゃんにそう思わせたわたしがいけなかった。かんべんしてね」

「ほんとに、すまないことをしたわ。許してちょうだい」

しかし、謝罪をすんなり受け入れるには、年齢的にも葉絵の心はこじれすぎてしまっていたのかもしれない。それは最初の結婚がだめになった直後で、自分から言いだした離婚にもかかわらず、葉絵は荒れ狂い、これまで以上に手に負えなくなった。アルコールが入ると、必ず酒乱めいた言動に走り、まわりをへきえきさせた。

そんな当時の葉絵にとって、遅まきながらの玉子の謝罪は、むしろ、いっそう逆上させるだけだった。

「いまさら何よッ。謝ればすむ話じゃないでしょう。そんな簡単なことじゃないのよッ。わたしは一生おかあさんを許さないッ。おかあさんが死んで地獄におちても、追いかけていって、地獄の入り口から叫んでやるッ。あなたがどれだけ娘を傷つけてきたのかをッ」

　そのときその場には息子夫婦も居あわせた。和佐も里子も、葉絵の狂態にはたびたび直面させられていて、そうした場合は、うつむきがちに目をあわせず、口答えもしてはならないことを、とうに学んでいた。無言でやりすごすしかない。

　嵐のような時間がすぎ、葉絵がいってしまったあと、里子が素朴な口調で感心するようにコメントした。

「なぜ地獄のなかまで追いかけてゆかずに、地獄の入り口から叫ぶのか……葉絵さんはやっぱり頭がいい方なんですねぇ。ぎりぎりのところでも、自分の身を守るべきところは、きちんと守る。とっさにそう判断できるのが、すごい……」

　皮肉ではなく、本気で感心しきっているらしい里子を前にして、玉子と和佐は同時に吹きだしていた。

　そしてその瞬間から、玉子は、娘の自分へのからみ癖をまるごと受けとめるしかないと心に決めた。弁解も反論もせず、したでにでた謝罪もやめ、むきにならず、ただ自然災害のように、時がすぎ、何かがおさまるのを待つより仕方がない。

　それ以外にどう手を打てばいいのか、正直なところ、もはや、どんな方法も思いつかなかった。玉子なりに、じつはしたたかに傷ついてもいた。だが、傷ついた、などと言ったなら、すかさず葉絵に「なによ、被害者面《づら》してッ」ときりかえされるのはわかっていたため、平静さを装うしかなかった。あとでひとりになってから泣いた。

兄の和佐が事故死したあとしばらくは、さすがの葉絵もおとなしく沈みこんでいた。

「お兄ちゃんにお花をと思って……」

などと、しおらしいことを言って勤め帰りにやってきても、玉子にたてつくこともなく、葉絵なりにそのショックと喪失感に苦しんでいる様子だった。里子に対しても異様なくらい思いやりにあふれていたのも、このころである。

和佐の死から一年、玉子と里子たちが同居にふみきるのと前後して、葉絵は再婚した。相手の五丈《ごじょう》信悟《しんご》も再婚で、子供はいない。

ふたりのつきあいは前々からだったけれど、たがいに別の相手ができたり、喧嘩《けんか》別れがひんぱんにさしはさまれたりと、くっついたり、はなれたりの関係だった。

五丈信悟は、十数店のチェーン店を持つドラッグストアの四代目で、いまはまだ父親が社長をつとめているものの、将来のそのポストは約束されているも同然だった。

五つ年上の信悟を、玉子たちの前では「アホぼん」呼ばわりする葉絵にとって、信悟のいちばんの魅力は「五丈ドラッグストア」のあとつぎであることと、その財力だった。

また遊び人で浮気沙汰にもことかかない信悟は、しかし、その反面、葉絵には身もふたもなく惚《ほ》れこんでいた。計算高く、能力的にも夫よりはるかにうわての葉絵は、そこのポイントだけはきっちりと押さえたうえで、たくみに夫を操縦し、そのせいか、いまだに結婚生活はつづいている。

再婚同士なうえに、先方の親族が結婚に反対したため、挙式も披露宴もなかった。

五丈家としては、バツイチの息子とはいえ、五丈家の格式を考えれば、当然、初婚の若い嫁であってもふしぎではないはずなのに、なぜにバツイチの三十四にもなる嫁なのかと、そこでも出来の悪い不肖の四代目を嘆く者が多かったらしい。

だから入籍も、しばらく見あわせたほうがいい、と一族の年寄りたちは口をそろえて信悟に忠告したが、そこは葉絵がいち早く、強引に迫り、五丈家の籍にもぐりこんでいた。もちろん、信悟に何かあったときの五丈家の財産が目的だった。いつ、なんどき、兄のような事故にあわないともかぎらない。

玉子が信悟に会ったのは、入籍直前の一回きりである。ホテルのティールームで初顔あわせをした。それで十分だった。こちらから会うつもりもない。

この結婚も、前と同じように、おそらく長つづきしないという予感がして、であるからには親しくする必要もなかった。葉絵の前の結婚は二年たらずで終止符を打った。

五丈家のほうも露骨に嫁の実家を無視した。あいさつはいっさいなく、いまだに親同士たがいの顔もろくに知らない。それくらいこの結婚に猛反対し、ひいては身内である信悟そのものを信用していない証拠ともいえた。

六月なかばのその夜、缶ビールを手に、玉子と里子のいるキッチンにあらわれた葉絵は、タンクトップにショートパンツの露出の多いスタイルだった。

「里子さんにだけしょうが焼きなわけね」

これからいちゃもんをつけてやる、とばかりの、いかにもふくみのある言い方に、テーブルについている里子は箸を手にしたまま、いっそううつむきかげんになる。

嫁への攻撃は、玉子は許さなかった。母親の自分をいくら責めても、からんでもいい。しかし、里子がそうされていいわけは、ひとつもない。

「はあちゃんも食べるのなら、焼いてあげるけど。お肉はあるのよ」

「いまさら、いらない。晩ごはんのときに、そう言ってほしかっただけ」

「トンカツがいやだったの？」

「だから、そうじゃなくって」

と葉絵は、玉子ののみこみの悪さにいらだち、声をとがらせた。いつもこうだった。他愛《たわい》ないことにすぐに喧嘩腰で、つっかかってくる。

「トンカツとしょうが焼きの両方ほしかったってこと。どっちがいいか、聞いてくれてもいいんじゃない？」

実家帰りして十日近くものんべんだらりと昼夜逆転した日々をすごしている娘のその言いぐさに、さすがに玉子はカチンときた。家事はいっさい手伝おうとはせず、スーパーマーケットの買いものについてきて口だしはしても、自分の財布から一円たりともだそうとはしない葉絵のケチぶりには、ほとほと愛想がつきていた。毎回こうなのだ。経済的に困窮しているとかならまだしも、現実はまるでその逆だった。

「ごめんなさい、里子さん。ほら、遠慮しないで食べて。せっかくの焼きたてがさめてしまうもの」

「……はい……いただきます」

「ところで、はあちゃん、もうそろそろダンナさんの所に帰ったら？」

「へえ、それって、おかあさんが決めること？」

またしても、いやみたっぷりの口ぶりだった。しかし、最近の玉子は、それをまともに受けとめない。まともに受け、まともに言い返すからカドが立つ。少しずつ角度をずらして言い返し、「ん？」と葉絵が一瞬とまどって即答できないようにするのがこつかもしれないと、遅まきながら気づいたのだ。

「ダンナさんから連絡はあるんでしょ？」

「メールはね。けっこうまめよ、あのアホぼんは。女の子を口説くのも、この押しの一手で、とにかく押しまくるらしいから」

「メールでなんて言ってくるの？」

「ごめん、帰ってくれ、愛してる。ばかみたいに、このくりかえし。ま、もともとことばを知らないアホぼんだけど」

そこに里子がゆらりと加わった。

「でも、葉絵さんはおしあわせですよね。結婚して四年になるのに、まだご主人から愛してると言ってもらえるなんて。やさしかったあの和佐さんでさえ、二年たつころには、ぜんぜん口にしなくなりましたもの。まあ、すぐに春子ちゃんがうまれて、彼もわたしもそれどころじゃなかったのが現状でしたけれど、でも、そのことばを言ってもらえたら、どれだけ育児に疲れてても、ずいぶんと慰められたと思います」

「ふうん、そういうものなの？」

葉絵の勢いが急にしぼんできた。

ほめられることに、葉絵は弱かった。

とりわけ里子にほめられると、まるでナメクジに塩、の状態で腰くだけになってゆく。

玉子の見るところ、そのタイミング、その言い方、はたまた香辛料のようにそこにちりばめる何かが、里子はばつぐんにうまかった。

里子ははたしてどこまで本心からほめているのだろう、と玉子が首をかしげる場合も多々あったけれど、葉絵は義姉のほめことばをスポンジのように吸いとって疑いもしない。

夕食後は二階の自室にあがったきりだった春子がリビングにあらわれた。

「あれ、叔母《おば》さん、カッコイイ」

と言っているにしては、愛想も笑顔もないそっけなさなのは、いつものことである。

しかしそう言われたタンクトップとショートパンツ姿の葉絵は、たちまちに笑みくずれ、それまでとは別人格の猫なで声を発した。

「こっちいらっしゃいよ、春子ちゃん」

姪《めい》に対しては機嫌のいい顔しか見せない葉絵だった。

「また背ものびたし、髪ものびたし、春子ちゃんはまだまだ育ち盛りでいいわよねぇ」

この春に高校生になった春子は、長い髪をうしろで一本にまとめ、細くて茶色いフレームの眼鏡《めがね》をかけている。あっさりと地味な顔立ちは、母の里子にうりふたつだった。

背丈は百五十八センチの母親とほぼ同じくらいで、高校を卒業するまでには、まだのびるだろう、と玉子は楽しみにしていた。着古したジャージの上下が中学生のころからの春子の家庭着で、総じておしゃれへの関心は薄い。

成績優秀者が学校の推薦を受け、入学金も授業料も無料という私立高校への進学を選んだのは、春子自身だった。さらに高校の成績によっては、附属大学へも特待生としてすすむことができる。そこでも入学金と授業料は免除されるという。

里子から、そんな春子の意向を聞かされたとき、玉子はとっさに胸のうちで手をあわせていた。昨年の暮れのことだ。

(ありがとう、里子さん。ありがとう、お兄ちゃん。ありがとう、春子ちゃん。こんないい子をうんでくれて。こんないい子に育ててくれて。そして、こんないい子に育ってくれて)

春子の選択は、言うまでもなく、父のいないシングルマザーの家庭の経済事情を考えてのものだった。

「それもね、おかあさん、わたしが春子ちゃんに、こういう高校があって、こういう特待生システムがあるって、話したんじゃないんです。春子ちゃんが自分で見つけて、自分で担任の先生にも相談して、で、だいたいのアウトラインがととのったところで、はじめてわたしに打ちあけてきたんです……」

里子の語尾が涙でふるえていた。

「……春子ちゃんって、いい子ですよね、おかあさん……」

「そうですとも」

玉子は思いっきり力強く答えた。

「百点満点のいい子ですッ。だれがなんと言おうと、まちがいありませんッ」

だが、この吉報を玉子から聞かされたときの葉絵の反応は、玉子をむっとさせた。

「私立N高の特待生？　へえ、なるほど、お金をかけない、そういう道もあったんだ。でもさ、あの高校って、レベル的には、そう高くないんじゃないの」

「…………」

「同じ私立でもE高校なら、ちょっと他人に自慢したくもなるけど、N高ならねぇ。別にそのまま附属のN大学にすすまなければいけないって条件はないんでしょ？　あの子には、わたしと同じ薬剤師になってもらいたいなっていう希望もないわけじゃないの。春子ちゃんさえその気があるのなら、薬科大学の授業料とかのお金の件は、わたしのほうで面倒を見てもいい。卒業後の就職先の心配もいらない。なんせ、五丈ドラッグストアがついていますからね」

葉絵のこの話を玉子は里子に伝えることはできなかった。里子なりに精一杯やっているのは、身近にいる玉子には十分すぎるほどわかっている。

夫の死後、里子は仕事探しにずいぶんと苦労した。ハローワークにも通いつめたし、パートタイマーの仕事をいくつかかけ持ちして、深夜や早朝もいとわず、とにかく働きづめに働いた。

「里子さん、そんなにあせらなくても」

「いいえ、おかあさん、一年、二年なんてあっというまにすぎてしまいます。ここでがんばらなくては、必ず後悔する日がきます」

念願はフルタイムの正社員だけれど、ずっと専業主婦をやってきた三十なかばの、特殊技能も資格もないシングルマザーにとっては、それは高望みすぎるという現実だけが待ち受けていた。

玉子も、そんな里子を見かねて、友人知人にそれとなくきいてまわったものだったが、思うような結果はえられなかった。

建築資材会社の事務員の口があるけれど、と葉絵が電話で言ってきたのは、和佐の死から、そろそろ二年になろうとするころだった。

「うちのアホぼんの友だちのおとうさんの知りあいの母親の……」と、一回聞いただけではおぼえきれない長いつてをへて持ちこまれた就職先だった。

「とにかく面接にいってみたら？　脈がありそうな気がするの。若くない女性がいい、落ちついて、まじめで、堅実なっていうのが社長の希望だそうよ。七十すぎた社長。長く勤めていた前任の女性が、クモ膜下出血で急死したんですって。こんな言い方いやだけど、お兄ちゃんに急死された里子さんへのポイントが、そのことだけでも高くなるんじゃないかって、わたし、思うわけ。七十すぎのおジジって、ほら、そのへんに弱いしさ」

さらに葉絵は、玉子が耳を疑うようなことを言った。ふだんの葉絵からは考えられないような気づかいとやさしさだった。

「けど、このこと、里子さんには内緒にしておいて。わたしからの紹介だと知ったら、なんとなく、みじめな気分になるかもしれないし。そうだ、おかあさんの知りあいからきた話ってことに」

玉子はそのとおりにした。

あれから三年、里子の仕事ぶりは社長の信頼もあつく、いまでは、社長の秘書役もかねているらしい。

うれしそうに、しかし、謙虚さを忘れずに玉子にそうした報告をする里子のことを葉絵に伝えると、葉絵はこともなげに言い放った。

「美人じゃなくて、色気もないのが、かえっていいんでしょうよ。年寄りのわがまま社長にありがちな傾向ね」

春子を自分のそばに呼びつけ、缶ビールを手に、葉絵はリビングのソファに腰かけ、長い肢《あし》を組む。

「叔母さん、このショートパンツって、ブランドものなの?」

「じゃないかなあ。よく、おぼえてない」

ショートパンツはブルーの洗いざらしのデニムで、わざと裾を引きちぎり、ボロボロにしてある。このチープ感がおしゃれなのだそうだ。銀に輝くスパンコールで英文字が縫いつけられ、玉子の目には「ビッチ」と読めた。「性悪女」。葉絵にぴったりだった。タンクトップは白と黒の幅広いボーダーで、白の部分は、つや消しの白のスパンコールでびっしりうめつくされている。

「春子ちゃん、夏休み、叔母さんと旅行にいこうか」

「えっ、いいの? うれしい。でも、どこに?」

「どこでもいいわよ、春子ちゃんのいきたい所。ニュージーランドでも、ロンドンでも、パリ、ニューヨークでも。もちろん、国内でもOK。沖縄の海もおすすめかな」

「へえ、すっごーい」

半分は里子へのあてつけがましさを意識しての旅行の誘いだった。どうしようもない底意地の悪さが、葉絵にはある。里子の稼ぎでは、とてもつれていけそうにもない豪華な旅行なのを承知のうえで、あえて言っているのだ。

食事をしている里子のほうを、そっと横目でうかがうと、なんの関心もなく何も聞こえていないといったおだやかな顔で、箸を動かしていた。さすがに、大人の対応だった。

それに葉絵のこの手の意地悪とか、無神経なふるまいをかぞえあげていったらきりがなく、生前に夫の和佐からも言いふくめられていたと、一度だけ里子が別の話のなかで言ったことがある。

「かまうな、真《ま》に受けるな、聞き流せ、が葉絵さんとつきあうこつだって、和佐さんはいつも言ってました」

キッチンのテーブルについている母親にむかって、春子が小学生にもどったような無邪気な声を張りあげた。

「おかあさん、夏休みに叔母さんに旅行につれてってもらってもいい？」

この場の娘の喜びをだいなしにしないため、里子はとりあえず、

「よかったわね」

と笑顔で答えた。

「でも、葉絵さん、よろしいのかしら、そこまでしていただいて。この春には、進学祝

いをちょうだいしたばかりですのに」

　葉絵が無造作に和佐の仏壇の前に置いていった封筒のなかには、五十万円が入っていた。しわひとつない真新しい一万円札が五十枚、という予想外の高額に、玉子と里子は思わず顔を見あわせた。まるで印刷したてのような一万円札は、インクのにおいが立ちのぼってくるような、確かに独特のにおいがして、玉子はとっさに口をすべらせた。

「これ、まさか、ニセ札じゃないわよね」

「おかあさん、そんな……」

　葉絵が聞いたら激高したに違いない自分のことばに、玉子は冷や汗をかいた。心の底に沈んでいたものが、驚きのあまり、ゆらりと浮上してきたようで、ほかならぬ玉子自身がうろたえた。じつの娘を、そんなふうに見ている自分自身が多少ショックでもあった。

　五十万円は、春子名義の預金通帳にそのまま入金された。通帳と印鑑は里子が管理している。

「春子ちゃんに聞いたけど、わたしがあげた進学祝いのお金で、春子ちゃん本人は消しゴム一個買ってもらえなかったそうね」

「叔母さん、そういう意味じゃなくて」

「わたしとしては、ひとつぐらい記念になるものを買って、これを買ったと、わたしに見せてもらいたかったわね、たとえ、千円のものでもいいから」

「すいません、葉絵さん、お気持ちも汲《く》みとれずに……」

「ま、いいけど。叔母としては、ちょっと拍子抜けしちゃった気分。せっかく春子ちゃんのためにと思って気張ってみたのに」

「はあちゃん、ごめんなさい」

　やりとりを、これ以上ややこしくさせないために、玉子が割りこんだ。

「わたしが里子さんに言ったのよ、そのまま預金しときましょうって。そのことで、あなたにいやな思いをさせたのなら、謝ります、ごめんなさい」

　玉子を見る葉絵の目に、ふいに毒々しさがやどった。

「最近のおかあさん、ずいぶんと悪智恵《わるぢえ》がついてきたみたいね、何かというとすぐに謝って、謝りさえすれば、すべてチャラになると思ってるんでしょうが」

　しかし、葉絵はふつりとそこで話を打ちきった。春子の前では、少しでもいい叔母でいたいという自制心が働いたようだ。同時に口調を明るく、乾いたものに変えた。

「春子ちゃん、コンビニにつきあってくれる？　もう少しビール飲みたいし、つまみもほしいし。あなたも好きなもの、買いなさい。叔母さん、おごってあげる」

ソファからはなれ、玄関にむかうふたりの後姿を見送りつつ、葉絵がはいているショートパンツのスパンコールの文字を、玉子は胸のうちで反芻《はんすう》する。

(ビッチ、性悪女)

が、口にするには、はしたなさすぎるその単語のかわりに、玉子は思わず知らずつぶやいていた。

「春子ちゃんには、あくまでもいい叔母さんでいたいから、お祝いにポンと五十万円。でも、母親のわたしには、もうどう思われようとかまわないと居直っているせいか、一緒にスーパーにいっても、一円たりともだそうとはしない。それでいて、自分の食べたいものは、どんどんカゴに入れてゆく。自分の娘ながら、ほとほと愛想がつきるわねぇ。でもね、お金の問題じゃないの。ぜんぜん、そうじゃない。そうじゃなくて気持ちなの、気持ち。わかるでしょ、里子さん……」

最後に大きなため息がひとつつけたされた。無自覚のため息だっただけに、玉子自身の耳にも、やけにせつなくひびいた。

里子は、そんな義母への同情心もあらわに、例によって慰めてくれた。

「前から言ってますけれど、あれは葉絵さんの、おかあさんに対する甘えなんですよ。からんだり、つっかかってみたり、わざとケチってみたりして、おかあさんの反応をうかがっている。いえ、試してるのでしょうね、おそらく。どこまでおかあさんが葉絵さんのわがままを許しつづけるか。許してくれることが、すなわち愛情と考えたいのでしょう」

「わたしも里子さんからそう言われて、見方を変えようと、それなりに努力したのよ。でも、やっぱり、ぎりぎりのところで腑《ふ》におちない……」

葉絵が、まるで鬼の首をとったような勢いでふりかざす「心理的虐待」という、おおげさなネーミングが、玉子を傷つけ、意固地にさせてもいた。第三者に示すことができる確たる証拠はどこにもなく、ただ被害を受けた者の「虐待」の申告によって成立するその関係は、どう考えても玉子には納得がゆかないのだ。

いつであったか、テレビのトーク番組に有名人の母娘《おやこ》がゲストとして登場した。母親は七十代後半、娘はすでに結婚して子供たちの親になっている四十代だった。若いころから有名人だった母を持つ娘は、物心ついた時分から結婚するまで、母の心ない言動に苦しめられ、傷つきつづけてきた過去のエピソードを、笑い話へと昇華させて語った。ことばに棘《とげ》はなかった。

ただ母側の反応に、玉子は異様な印象を受けた。「まあ、そんなことあったの？」ときき返すのでもなく「あらあら、申しわけないことをしてしまって」としおらしく身をちぢませてみせるでもなかった。

「おぼえていない」の一点張りで通した。娘のどんな言いぶんも、そのフレーズではねかえし、ちらりとも動揺の気配は見せなかった。

あまりにも頑《かたく》なに言い張る「おぼえていない」のフレーズは、頑固すぎて、逆に、おぼえていることもあるのだな、と視聴者に思わせてしまってもいた。

（そうか、そうするしかないのか）

と、そのとき玉子はいくらか目の前が明るくなった。

きっとこの手の問題の解決方法は、いまのところ、だれも見いだせず、苦慮と試行錯誤の末に専門家があみだしたフレーズが「おぼえていない」ではなかろうか。もしかすると有名人である母は、そうした専門家からそのフレーズを伝授され、だからこそ堂々と胸を張ってくりかえすことができたのかもしれない。

しかし、このフレーズの有効性には個人差があるようで、葉絵に対して何度か使ってみたところ、そのつど葉絵の怒りはすさまじさをました。まるで怒りのつぼを押したかのように、葉絵は逆上した。玉子が、有名人のあの母をまねて、毅然《きぜん》とした態度で「おぼえていない」と言いきった、可愛《かわい》げのかけらもないその態度にカチンときたようだ、とは、その場に居あわせた里子の感想である。

食卓の上の里子の麦茶のグラスがからになりかけているのを見て、玉子は冷蔵庫からボトルをとりだして、ついでやる。

「あ、すいません」

「きっと、あの子のからみ癖は、わたしが死ぬまでつづくのでしょうね」

　そして、ずっと苦しんでゆく。

　娘のからみ癖が二十年近くつづいているのと並行して、からまれる玉子のほうにも成長がなかった。少しも馴《な》れないのだ。いや、それなりに、いくらかは馴れてきているのだろうけれど、自覚するほどの成長や進歩ではなく、そのつど気持ちは落ちこむ。聞き流して意に介さない、といったふうには、どうしてもゆかなかった。つねに、むきになる。全身で、正面からまるごと受けとめてしまう。六十五歳になったいまだにそうだった。

「同じ女性のわたしからすると、葉絵さんはうらやましいぐらいに、すべてにめぐまれたひとなんですけれどもねぇ」

　なのにどうしてからむのか、とつづけたいに違いない里子のニュアンスだった。

「頭はいいし、薬剤師の資格はあるし、離婚してもすぐにお金持ちの男性と再婚したし、若いころから男性にもてもてだし、そのうえ、あのプロポーションに、あのゴージャスさ、あのセレブ感。わたしたちは背のびしたって、かないません」

わたしたち、には、どうやら玉子と春子も加えられているらしい。

だが、異論はなかった。

母の玉子から見ても、葉絵は、華やかで、押しだしのいい、そこにいるだけで場があかるくなる雰囲気の持ち主だった。

子供のころはごくふつうの女の子だったのが、大学生になると一挙に花ひらいた。おそらく、もてるにまかせて、男たちをとっかえひっかえした奔放さが、葉絵のうちにひそんでいた何かを刺激し、めざめさせ、育てていったのだろう。

百七十二センチの身長だった。

それでもまだ不足だとばかりにハイヒールを愛用し、まわりを睥睨《へいげい》するかのように闊《かっ》歩《ぽ》するさまは、ファッションモデルと女優をあわせたような輝くほどの存在感がある。

ほどよく豊かな胸、くびれたウエスト、長い肢、そして、細くて華奢《きゃしゃ》な首に支えられたこぶりな顔の輪郭と、背中に波打つ豊かな髪がかもしだすものは、日本人ばなれしていて、しかし、数回のまばたきのあと、もう一度じっくり見ると、やはり日本人にほかならないのだ。それがファンタジィめいた空気をつねに葉絵にまとわりつかせ、黙ってほほえんでいると、まさしくメルヘンのなかの女王の風格と気品と清らかさで、見る者を圧倒する。口をひらかなければ、である。

顔立ちのよさにもめぐまれていた。顔の骨格のそれぞれの寸法と比率が理想的なのだろう。髪をうしろに引っつめて、顔をむきだしのヘアスタイルにすると、その骨格の美しさが際立ち、上下左右どの角度から眺めても、ほれぼれするような造形美だった。持ってうまれた容姿に加えて、センスがよいことも、その美しさを長持ちさせていた。若づくりはしない。自分に似合う色やデザインを知りつくしていて、そこにいま流行のテイストをひとつかふたつプラスさせるのが上手だった。服装だけでなく、メイクにも、そうしたセンスがいかされ、むしろ年齢をかさねるごとに洗練の度は深まっている。

世の男たちは、まずは葉絵のそうしたきらびやかな外見に魅了されて近づく。

その段階では葉絵の知性はまるで重要視されず、また女に知性はいらない、といった暴言を吐くようなタイプの男たちが大半なのだが、じかに話してみると、予想をはるかに上まわる知力に、男たちはたじろぎ、そこで退散する者も少なくはない。もしくは、葉絵に「あなたとは無理。おひきとりを」と宣告され追いはらわれる。

基本的に頭の悪い男はいや、と豪語するだけあって、つきあう相手は、話に聞いているかぎりでも、それほどひどくはなかった。

「頭がそう悪くはなく、お金持ち」という理想を、離婚後の葉絵は冗談まじりに臆面もなく言いちらしていたけれど、実際にそのとおりの相手と再婚したのだから、里子でなくとも、葉絵の強運にはあっけにとられてしまう。

葉絵のとびきりの容姿は、父母のどちらにも似ていなかった。遺伝子の突然変異と言うしかないもので、しいて言えば父方の祖母の血がやや濃いめに入りこんできているのかもしれない。

「おきれいなお嬢さまですこと」

と、葉絵が大学生のころから、玉子はうらやましがられつづけてきた。

そのせりふの次に「おかあさまに似て」と言われたことは、いっぺんもない。娘がほめられることに嫉妬する母親もいるらしいと聞くけれど、葉絵の、持ってうまれたセレブ感たっぷりの美女ぶりは図抜けていて、対抗心の持ちようがないのだ。

葉絵は玉子のひそかな誇りだった。自分のうんだ娘はこうあってほしい、と願う世の母たちが口にする理想の条件のことごとくを、葉絵はそなえていた。申しぶんがなかった。ただし「からみ癖」がなければ、である。その一点はつねに玉子の心に墨に似たにごりを落とし、他人からどれだけ羨望されても、その気になって調子づく前に現実に引きもどされた。

「おきれいなお嬢さまですこと」

と賞賛されるたびに、

「そうでしょうか……」

とあいまいにほほえんでみせるのが、玉子の精一杯の対処法だった。それ以上何か言ってボロをだすのを怖《おそ》れた。

今年になってからの葉絵の実家の長期滞在はこれがはじめてで、かれこれ十日になる。その前は昨年の十一月の二週間、さらにそれより前は八月の半月、その前にも五月の三週間、などと三ヵ月ごとのサイクルがずっとつづいていた。

どれも夫婦喧嘩の末に、夫へのこらしめのために家をでてくる。喧嘩の原因は、夫の女関係のルーズさ、との葉絵の説明だが、ほかにもいろいろとあるらしい。

四月に春子の進学祝いを届けに立ち寄ったのを最後に、かれこれ三ヵ月近くも音沙汰がない、つまりは夫婦仲が落ちついてきたのかもしれないと、玉子がひそかに胸をなでおろしていたところに、六月のある夜、玄関口で葉絵の声がした。

「ただいまァ、春子ちゃん、いる？　メロンを買ってきたの、食べましょ」

つねに春子をだしにする。

娘の実家帰りのたびに、玉子は肩をすくめるようにして嫁の里子に言わずにはいられなかった。

「すまないけど、里子さん、またしばらく、はあちゃんのことお願いね。何かと面倒をおかけすると思うけど」

「そんな遠慮、おかしいですよ。ここは、おかあさんの家じゃありませんか」

葉絵は、玉子と里子には、しおらしさは、みじんも見せない。「また、おじゃましまず」も「よろしく」もない。

「ハーイ、きたわ」

いつの場合も、これでおしまいだった。


数日後の土曜日の夕方、家の前に真っ赤なフェラーリがとまっている、と里子が座敷にかけこんできたのは、玉子が和佐の仏壇に飾る花々を、三台のフラワーベースを前に思案していたときだった。フラワーベースは筒状の透明なガラス製で、床にじかに置ける大きさである。ひとかかえほどある数種類の花は、近くの花屋から先ほど買ってきたセールだった。

何々流といった活け花の心得は玉子にはない。そのときの気分まかせで、好きなようにアレンジする。

「すごい車ですよ、おかあさん」

「きっとご近所にご用があって、たまたまうちの前にとめただけでしょう」

「でも、もう十五分たちました」

「十五分って、里子さん、あなた、ずっと見ていたの?」

「たまたまです。キッチンでカレーの用意をしていたら、正面の窓から見えたもので」

「あら、きょうは何カレー?」

「シーフードにしました。冷凍ものですけどエビとホタテとイカの」

「おいしそう」

フルタイムの勤めにでている里子にかわって、平日の食事は玉子の担当だけれど、週末は里子が受け持った。週に一度くらいは料理をしないと、料理そのものを忘れてしまいそうになる、と里子から言いだした。

また里子は、クッキーやアップルパイなどの菓子づくりが上手だった。パンも焼く。といってもパンは、ホームベーカリーがほとんどのことをやってくれるから、里子からすると料理のうちには入らないらしい。その点、りんごの皮むきからはじまるアップルパイは、手間ひまがかかるぶんだけ、ストレス解消や気分転換になって楽しいと里子は言う。パイの皮も、市販しているパイシートではなく、手づくりする。

里子のつくるアップルパイは、玉子も春子も、そして亡くなった和佐も大好きだった。

身内の欲目だけでなく、里子のアップルパイは、どこの洋菓子店のものよりもおいしいと玉子はひそかにタイコばんをおしている。

「ちょっと言ってきましょうか」

「何を？」

「車をうちの前からどかしてくださいって」

「ほっときなさい。そのうち、いなくなるでしょう」

「でも、すごく派手で目立つ車で、見ているだけで、こっちが恥かしくなるような。なんせ、真っ赤なフェラーリですもの」

玄関のチャイムが鳴った。

反射的に里子が応答した。

「はーい、ただいま、すぐに。お待ちくださーい」

仏壇のある座敷から玄関までは、リビングと短いふたつの廊下がはさまれているため、返事が届くはずもないのに、里子は明るく、高らかにそう言って小走りに部屋をでていった。てきぱきとして快活な、そうした一連の動きは、職場の里子の気働きぶりを連想させ、思わず知らず玉子は口もとをほころばす。

ほどなく玄関先で、にぎやかな声があがった。内容までは聞きとれないものの、野太い笑いがふんだんにさしはさまれた男の声なのは聞きとれた。

里子が足ばやにもどってきた。しんそこから驚いたときのくせで、小さく細い眼《め》の目尻が、いくぶんつりあがっている。

「大変です、おかあさん。葉絵さんのご主人だという方がいらしてます」

「ご主人だという方って、あの信悟さん？」

「はい、多分、その信悟さんです。わたし、お会いしたことがありませんのでよくは。ただ先方はそう名乗られてます。でも、まさか、ご主人ではなく、ほかのボーイフレンドってことはないですよね」

「いや、あるかも」

と、とっさに口走ってしまってから、玉子は一挙に自己嫌悪におちいりそうになった。

(なぜ、すぐさまそんなふうに思ってしまうのか。どうして娘をそこまで信用できないのか……)

しかし、自己嫌悪の一歩手前で葉絵の大声が、玉子の気持ちを救った。上機嫌だとすぐにわかる声の張りが朗々とひびいてきた。

「おかあさんッ、ちょっときてくれる？」

玉子は着ている白のシャツブラウスの裾を両手で引きさげつつ立ちあがり、里子を鏡面がわりのようにしてきいた。

「おかしくない？　わたし」

「はい、だいじょうぶ、ＯＫです」

眉の形をペンシルでととのえ、血の気のない頬に淡いチークをのせて、死者を生者によみがえらすに似たメイクと呼べない程度の身だしなみは、朝の洗顔後に必ずしている習慣だった。

里子とともに玄関にいってみると、大輪のまっ白い花のような葉絵がいた。袖なしの白いワンピースを白いエナメルの太いベルトでしめあげ、たっぷりなフレアスカートと、その一部分を切りとって頭にのせたようなつば広の白い帽子をかむり、いかにもゴージャスないでたちだった。完璧なフルメイクで、つけまつ毛も忘れていない。近づくと、高価な香水のかおりがふんわりと鼻腔《びこう》をかすめた。そばにキャスター付きのスーツケースが置かれ、どうやら今回の実家帰りはきょうで打ち切りのようだ。

葉絵は、見る者をとろけさすような、あでやかで、つやっぽい微笑を浮かべて玉子と里子を迎えた。

「信《しん》くんに会うの、おかあさん、久しぶりでしょ」

久しぶりも何も、結婚前にわずか三十分ほどホテルのティールームで顔をあわせたにすぎなかった。

「だから、おかあさんへのご機嫌うかがいをかねて、わたしを迎えにくるようにって言ってやったのよ」

その説明を待って、葉絵の背後に身をかくすようにしていた信悟が、

「ごぶさたしていまーすッ」

と、ステージに登場してくるコメディアンみたいな軽さであらわれた。

（なんなんだ、この安っぽさ、この軽薄さ）

と、玉子はあいさつを返すのを忘れて、信悟に目を奪われた。

ひと目で上等とわかる細身のストライプのスーツの上下に目のさめるようなグリーンのワイシャツ、先端のとがった革靴、髪型はギャング映画にでてきそうな、ほとんどスキンヘッドに近い短髪である。日焼けした肌は、あまりにもむらがないだけに、日焼けサロンで焼いたとすぐにわかる。

葉絵とは五つ違いの四十三歳のはずだが、その外見はお金がかかっているわりには、見るからにちゃちで品がない。前に会った印象は、ここまでちゃらちゃらしたものではなかったはずなのに、と玉子はとまどいを顔にだすまいと必死に抑えこむ。横にいる里子もことばもなく立ちつくしていた。

そんなふたりの反応をよそに、信悟は手にさげていたばかでかい紙袋を里子へとさしだした。有名ケーキ店のロゴの入った紙袋だった。

「これ、お口にあうかどうか、みなさんでどうぞ」

「……あ、ありがとうございます」

さらにもう片方の腕に抱きかかえていた花束の包みも、どうぞ、と渡され、あわてて玉子が両手で受けとめた。片手では重すぎて支えられなかった。

「こんなにしていただいて」

と言うのが精一杯で、気転のきかせようがなかったのは、あまりに突然の娘婿の来訪であり、きざったらしいそのファッションであり、まじめさのかけらもないそのキャラクターであり、と、いくつもの不意打ちのせいである。

呆然《ぼうぜん》としている母と義姉のその反応を、どう解釈したのか、葉絵は満足そうに眺め、だれにともなくつぶやいた。つぶやきにしては声が大きかった。

「きょうの彼のファッション、全部、イタリア製なのよ。こんなところにばかりお金をつかって、ほんと、いやになる」

ちっともいやそうな口ぶりではなく、自慢にしか聞こえなかった。

「さてと、信くん、いこうか」

「ああ。予約しといたから」

なんの予約なのだろう、と玉子はぼんやり思ったが、その場の光景に圧倒され、気持ちの切りかえもできないまま口にだせずじまいだった。

「それじゃ、おかあさん、またね。里子さんも。春子ちゃんに、よろしくね」

「……はい……お気をつけて」

ヒールの高いサンダルをはいた葉絵は、夫よりも頭ひとつ背丈が抜きでているけれど、信悟はいやがるどころか、それもまた嫁自慢のひとつらしく、見るからにほれぼれとしたまなざしで葉絵から目をはなそうともしない。

ふたりの後姿を見送り、フェラーリのエンジン音を開けはなたれたドアのむこうに聞き、それから数分の放心状態のあと、玉子と里子はようやくうちのなかへ引きかえした。

手みやげのケーキは二十個あった。同じものはひとつとしてなかった。

花束の包みのなかは見事な真紅のバラが四十本ばかり、まるでビロードの造花のようなほころびのなさで玉子を感嘆させた。反面、近くの花屋のセールで買ってきた仏壇の花々の貧弱なのが、ひどく目についた。哀《かな》しさとみじめさと疲れが、一緒くたになった気分だった。

「いえ、だからね、その合コンに里子さんがきていた、あれはぜったいに里子さんだって、うちのアホぼんが自信たっぷりに言うわけよ」

葉絵が夫のもとに帰ってから十日ほどがたっていた。

六月も残すところ数日となったその夜は雨だった。風のない静かな雨は、家々の屋根や庭の草花、樹々《きぎ》などについたちりやほこりを洗い流してくれる、ちょうどよいおしめりになっていた。ここ半月ばかり、雨は一滴もふらなかったのだ。

玉子の住む北海道、札幌《さっぽろ》には、全国各地のような梅雨《つゆ》はない。蝦夷《えぞ》梅雨という季語はあり、本州の梅雨に連動するかたちで、その時期いくらか雨の日が多くはなるのだが、一般的に梅雨の意識はないようだ。

玉子は雨が好きだった。

その日、夕方からふりはじめたとき、玉子はなんだかほっとする気持ちになった。街並みの汚れを流してくれるというイメージも働いて、雨のたびに気分が一新される。

葉絵からの電話は夜九時すぎにかかってきた。娘のそれはスマートフォンだけど、玉子のは、すでに十年近く使っているシニアむけの文字の大きな携帯電話である。

息子の仏壇のある座敷と廊下をはさんだフローリングの八畳が、玉子の部屋で、南側の壁に標準サイズより横にも縦にも大きめな窓がはめこまれていた。ベッドの端に腰かけ、その窓にあたる雨を眺めていたところにかかってきた電話だった。

葉絵の話はつづく。

「うちのアホぼんは、確かにアホなんだけど、一度会ったひとの顔は忘れないっていう特技があるのよ。あれってもしかすると、お商売する家特有のＤＮＡというか、とにかく、すごい。その彼が言うのだから、まちがいはないって思うのよ」

玉子はわざと感情をまじえずにききかえす。

「それ、いつの話？」

「えっとね、四月の二十一日の、金曜日」

カレンダーで確かめながらの返答のようだ。

「そんな話、里子さんから聞いてないけど」

「あたりまえでしょうが」

と、にわかに葉絵の口ぶりが浮き立った。

「姑であるおかあさんに言えることじゃないもの」

「…………」

「でね、アホぼんは合コンの出席者のひとりがドタキャンで、頭かずをそろえるために、強引に呼びだされたものだから、へそをまげて、ろくな恰好《かっこう》をしていかなかったらしいの。この前のイタリアンファッションとは大違いの、毛ずねもろだしの短パンにTシャツにパーカ、それにキャップをかぶってサングラスして。あ、そうそう、当時の彼は短いあごひげもはやしていたし。しかも途中参加だから、合コン会場の居酒屋にいったときは、参加者全員がけっこうできあがっていたんだって。で、里子さんらしき女性は、そのなかのひとりの男性にご執心らしく、その彼をじっと見つめて、あとの男たちなんか見むきもしない。あんまり熱心なんで、うちのアホぼんも、映画のワンシーンのように記憶に残っていたそうよ。女たちは独身、人妻、バツイチのごちゃまぜグループだけど、男たちはみんなばりばりの既婚者だしね。ほら、ちょいワルおやじになりたいけど、そこまでの度胸もカネもなくて、まねだけしてみたい男って、ごまんといるじゃない。そういうのがそういう合コンの話にのってくるんだって。うちの？　あれはもうまねどころか、ちょいワルおやじそのものよ」

葉絵は別に強がりでもなくさらりと言ってのけた。この夫婦が年中もめている夫の浮気トラブルは、どこかゲーム感覚で、その刺激を夫婦関係を維持してゆくためのスパイスにしているのではないか、とは昨年あたりから玉子にもうすうすわかってきたことだった。

「でもやっぱり里子さんはうちのアホぼんと合コンで会ったのに気づいていないみたい

ね。この前、アホぼんがわたしを迎えにきたときの態度と反応がそうだったもの。アホぼんも里子さんと会ってから、わたしに言うか言うまいか、しばらく迷っていたんだって。出会った場所が場所だけに、彼にとっても、わたしの手前、不利でしょ、だから」

「でも結局はバラしたわけよね」

玉子の口調は、思わず知らず、皮肉のニュアンスをおびていた。聞かずにすむのならずっと聞かなくていい話だった。

「うちのアホぼんは、わたしのためを思って打ちあけたんだって」

「…………」

「ほら、里子さんって、何もかもりっぱなひとじゃない？　お兄ちゃんが死んでから、ふつうなら寄りつかなくなって当然の夫の実家にすすんで同居し、フルタイムの仕事について一人娘の春子ちゃんを育て、浮いた話はひとつもなくて、姑であるおかあさんともうまくやっている。それがもう四年にもなる。ほんと、りっぱなお嫁さんよね。けど、そういうりっぱなお嫁さんにも、やっぱり、裏事情はあるんだって、わたしに教えてやりたかったんだって。りっぱな人格者の里子さんにも、こういう一面がある。だから、ちっとも気後れする必要はないって、わたしを励ますためにね」

葉絵が里子に気後れしていた？　と、玉子は、はじめて知らされたことに驚いたが、人間とは案外、そういうものかもしれないという気がしないでもなかった。

「とにかく、このこと、おかあさんに知らせておこうと思って」

電話が終わったあと、玉子は、ライティングデスクに移り、ひきだしから日記帳をとりだした。といっても備忘メモというほうが正確な、その日の出来事をざっと書きとめてあるノートである。物忘れが加速してきたと痛感した五年前から毎日つけはじめた。

合コンがあったという四月二十一日の金曜日のページをひらく。

「里子、職場の送別会に出席。帰宅十一時半」

ノートをとじ、椅子からはなれて窓際に近づいた。

雨はやみそうもない。

夜の色のなかに、銀色の針のような雨脚《あまあし》がとびかうのを、玉子はしばらく放心状態で眺めつづけた。

風がでてきた。

七月に入ってほどなく、ふたたび葉絵から、機嫌のよい声で電話があった。

「おかあさん、例の合コンの話の第二弾があるんだけど、聞きたい？」

聞きたくもあり、聞きたくもなし、というのが玉子の本当のところだった。

しかし葉絵は玉子の返事を待たずにしゃべりだしていた。

「あれから、うちのアホぼんがちょっとやる気をだして、里子さんがご執心だった男性の情報を集めてみたらしいの。いえ、顔見知りではあるけど、友だちというほどのつきあいではないから。その周辺からぽちぽちと。妻子持ちなのは知ってるでしょ。で、年は四十二。大手商社の札幌支店に勤めていて、単身赴任ではないのよね」

「……そう」

「本題はここからよ。うちのアホぼんったら、思いきってその彼に接近したんだって。偶然を装って、会社帰りの彼に声をかけ、近くの居酒屋に誘って飲ませて、それとなく話を聞きだした。こういうの、かなりうまいのよ、うちのアホぼんは。だから営業やってるわけだけど」

「なるほどね」

「おかあさん、びっくりしないでよ。里子さんね、その彼につきまとっていたみたい。ほとんど毎日のようにメールを送ってきて、食事にいかないか、とか、相談にのってほしい、とか。最初は男のほうもお遊び気分でメールを返していたのが、そのうち、うっとうしくなって無視。ありがちなパターンよね。それでも里子さんはしつこくて、迷惑なメールは一ヵ月ほどつづいたんだって」

葉絵の口調は、勝利を誇る者のそれのように高らかで、得意げだった。

「あの里子さんがそういうことするのかって驚きだけど、よく考えてみると、うちのお兄ちゃんのときも、里子さんのほうがものすごく積極的だったのよね。おかあさん、おぼえてる?」

「さあ、どうだったかしら」

玉子はつとめて興味のないふりをした。

「ああ、そうか、お兄ちゃんたちは、おかあさんにそこまで内輪話は言わないか。でも、お兄ちゃんが里子さんにハメられたとわたしは見てる。彼女は若いころから結婚志向が強くて、お兄ちゃんは彼女にとって、理想的な夫だったみたい。でも、お兄ちゃんはそこまで里子さんに夢中じゃなくて、ほかの女性ともつきあったりしていたから、里子さんは最終手段にうったえた。で、無断で計画的に妊娠したわけよ。春子ちゃんをね。妊娠を告げられて、お兄ちゃんはすぐに結婚を決意した、迷いもしなかったんだって。お兄ちゃんのエラいところは、こういうところよね。里子さんも、お兄ちゃんがそういう決断をする男だって、わかっていて、いちかばちかに賭けたらしいの」

葉絵の話を聞いているうちに、玉子は十五年前の息子の結婚のあれこれが一挙によみがえってきた。胸がふさがった。家族がいることの幸せをかみしめる出来事のうちのひとつが、あの一時期のことでもあったのだ。

息子の和佐と里子の結婚のいきさつにおいて、いま葉絵が語ったようなことは、ずっと前に、だれかからすでに聞かされていた。

しかし、どうでもいいことだった。里子のおなかに孫が宿っている事実が、玉子には何よりの喜びであり、男と女の恋愛事情などに身をのりだして聞き耳を立てる当事者感覚は、そのころには、ほとんどなくなっていた。

結婚してからも、嫁の里子が息子の和佐に夢中なのは、はたで見ていても悪い気持ちはしなかった。夫に夢中なあまり、里子が姑の玉子にのろけ話をもらしてしまうのも、まるで憎めなかった。とにかく里子はすべてにおいて夫優先で、夫につくしきっていた。

その夫を失ってから、はや五年……。

「おかあさん、気をつけたほうがいいよ」

「ん?」

「そのうち里子さん、再婚するかもしれない。今回の合コンは不発に終わったけど、またこういうことがあるんじゃないかな」

「そうね」と玉子はおだやかに受け流す。いかにもなんでもないふうを装うのが、葉絵に対する意地というものだった。ひと悶着《もんちゃく》起きるのを心待ちにしている娘の本心はみえみえなのだ。

「きっと里子さん、春子ちゃんがぶじに高校生になって、ほっとして、その解放感にひたりたかったのでしょうよ。それがたまたま合コンになった、それだけのこと。大さわぎする話じゃないわ」

「でもね、これでおしまいじゃなくて、これがはじまりだと思う、おそらく。お兄ちゃんと死別したのが三十五のときでしょ。未亡人になるには、あんまり早すぎる。覚悟しておいたほうがいいわよ、おかあさん。この先、里子さんの人生は、いろいろとにぎやかになるかもしれない」

そう言われてみて、玉子ははじめて自分に都合のよいように、里子のこれから先を思い描いていたことに気づかされた。ずっと自分のそばにいてくれる、と頭からそう決めつけていたのだ。孫の春子は、いずれこの家からでてゆくかもしれないにしても、里子はここに居つづける、と。

さらに葉絵は楽しげにつけたした。

「合コンのこと、ストレートに里子さんにきいてみたら？　もしかしたら、それをきっかけに里子さんのほんとうのところが聞けるかもしれないじゃない。わたしなら、そうするわね」

葉絵にそそのかされ、いったんは、その気になったものの、玉子は合コンの件を里子にたずねてみる勇気を、なかなか持てなかった。

おそろしかった。

もし里子が、

「できれば、いいひとを見つけて、再婚したいし、そこまでいかなくても、この家をでて一緒に暮らしたい」

と答えたなら、もはや玉子には、それをとめることはできなかった。

里子が先々どういった生き方を選ぼうとも、義母である自分が見苦しくうろたえたり、その選択にいやみを言ったり、妨害するような言動には走るまい、と玉子はくりかえし自身に言いふくめつづけた。どういう形であれ、里子が望む方向をじゃまだてする資格は、玉子にはなかった。

世の中には玉子とは反対に、「息子は亡くなったにしろ、うちでもらった嫁なのだし、孫の春子は確実にこちらの血すじをひいているのだから、今後の嫁の身のふり方には口出しするのが当然」と考えるひとびともいるのだろうけれど、それは玉子にはまったく受けつけられない考え方だった。第一、「もらった嫁」という発想そのものに拒否反応が起きる。

他人に相談して解決できることではなかった。多くの悩みごとのほとんどがそうであるように、それは自分の内側で時間をかけて溶かしてしまうしかないことだった。きれいさっぱりと消化できないから、溶けるのを待つしか仕方ないのだ。

気分はふさいだままだった。しぜんと笑顔はへり、ぼんやりと物思いにふけっている状態が一日のうちのあちこちにはさまれ、和佐の仏壇の前ですごすことが多くなった。

葉絵からは、様子うかがいの電話が四、五日置きにかかってきた。これまでにない回数の多さだった。あきらかに合コンの件についての探りの電話で、それがわかるだけに玉子はむかついた。そっけない短い対応もそこそこに電話をきったあとは、さらに落ちこんだ。どんなふうにも里子をとめられない非力な自分をいやというほど思い知らされると同時に、こんなにも底意地の悪い娘をうんだのは、ほかならない自分だという現実をつきつけられ、ただうなだれるしかなかった。

うつうつとした気持ちのまま七月はすぎていった。

八月に入り、お盆をひかえて、仏壇まわりのレイアウトを変えたり、仏壇用の提灯《ちょうちん》を新調しに買いものにでかけたり、お墓まいりの日にちを里子や春子のスケジュールと調整したり、お坊さんの読経を依頼したりといった雑用がふえて、玉子の気分はいくらかまぎれた。

真夏日がちょうど一週間つづいたお盆少し前のその夜、玉子が仏壇前で新しく買ってきたお香をたいていると、キッチンで洗いものをすませたエプロン姿の里子がやってきた。

「いいにおいですね」

「気に入ってくれた？」

里子は座卓をはさんだむかい側にすわりこんだ。

ため息をひとつつき、ひとりごとめかしてつぶやいた。

「悪いことはできませんね……世の中、せますぎる……」

「どうかしたの？」

「じつは、きのう葉絵さんから珍しくメールがとどいて、わたしがこの四月に合コンにいったこと、思いっきり、からかわれました」

とっさに玉子は胸のうちで娘に毒づいていた（葉絵のやつめ。こらえ性もなく、しびれをきらして、自分から動きだして）。

「そのときのメンバーに、わたしが和佐さんと結婚していたことを知っていたひとがいたらしく、しかも葉絵さんのお知りあいという最悪のパターンで。だれなのか、まるで見当がつかないのが余計に気味が悪くて」

葉絵は夫の信悟の名前はださなかったようだ。それがせめてもの里子への思いやりなのかどうかは、わからない。

「あの娘《こ》、ひどいこと言ったのじゃない？」

「いえ、何も。おもしろがってました、ただ単純に」

「ならいいけれど」

「ほんのお遊びのつもりだったんです。合コンって、いったことがなかったし」

「気晴らしは必要よね、だれにでも」

玉子は里子のほうは見ないようにしてあいづちを打つ。見られなかった。

「ただそれだけのことが、まわりまわって、おかあさんの耳に入ったとき、へんに誤解された言い方がされないともかぎらないので、それなら、わたし自身の口から、こうして報告しておこうと」

「誤解なんてしませんよ。里子さんを信じてますからね。それでどうだったの？　すてきなひとはいた？」

「ぜんぜんッ」

と、里子は吐きすてた。あまりに強い口ぶりにはっとして、玉子は手にしていたお香の小箱を落としそうになった。

「どれもこれもパッとしないおじさんたちばっかり」

しかし玉子は、里子が一ヵ月にわたって、しつこくメールを送りつづけた相手がいたという葉絵からの話を思い出していた。

「そう、パッとしなかったの……」

「こっちもパッとしないおばさんたちばっかりでしたけど」

「でも外見はパッとしないけど、話してみると、急にチャーミングに見えてくるひともいるし。その反対に、うっとりするようなハンサムが、しゃべるとがっかりするレベルだったり」

「ええ、確かに……和佐さんは、ハンサムで、話をすると、ますますハンサム度がアップする、まれなタイプでした」

「まだそんなふうにあの子のことを思ってくれてるの。ありがとう。和佐にしろ葉絵にしろ、外見はわたしに似なくて、ほんとによかった」

「おかしなことに、血のつながりのないおかあさんとわたしが、実の親子に思われることが多いですものね」

言われてみるとそうだった。

「そうね、なぜかしらね」

「はっきりしてますよ、わたしたちはブスのカテゴリー、不美人グループ。いえ、おかあさんはわたしほどひどくはありませんけど、でも、やっぱり……そう言うしかなくて……すいません、言いすぎでした……ごめんなさい……」

声をとぎらせた里子のほうを見ると、エプロンで顔をおおっていた。肩をふるわせて泣いていた。

こんなにも唐突に、こんなにも感情を暴発させた里子をはじめてまのあたりにした。ここまで無礼な発言を聞くのも、これまでなかったことだった。ブスとか、不美人といった容姿をさげすむことばを不用意に口にする性格の里子でもなかったはずなのだ。

ブスのカテゴリー。

不美人グループ。

もしかすると合コンで出会った男性をしつこく追いかけた挙句に、相手から投げつけられたことばなのかもしれなかった。

玉子たちが憶測している以上に、里子は本気で、真剣で、そして必死な恋だったのかもしれない。無器用にいちずにのめりこみ、相手の側の事情を考える余裕さえなくしてしまった、一種、狂相さえおびていた恋。ストーカーもどきの片恋。

「だいじょうぶ？　里子さん」

「すいません、わたし、ばかですね」

「いいえ、ちっとも」

「ばかで愚かなヒステリー女」

「それを言うなら、わたしも同じ。ほら、和佐を亡くした直後のわたしを、里子さんはいやというほど見てきたじゃない。あなただって気がおかしくなるくらいにつらかったはずなのに、それを言わずに、わたしに寄りそってくれた」

そのことばにふたたび里子はエプロンで顔をおおった。

ひとしきり声をころして泣きじゃくったあと、里子は魂の抜けたような声音《こわね》で言った。

「合コンでひとりだけいたんです。和佐さんによく似た顔と、よく似たお人柄の男のひとが……けど、わたし、きらわれました……和佐さんとのときは、きらわれても、いやがられても、じっと我慢してひっついていたら、ようやっと結婚にゴールインできたのに……きらわれるって、でも、仕方がないんですよね。和佐さんも心の奥の奥では、わたしをそんなに好きではなかったような。春子ちゃんがおなかにできて、で、男の責任をとって、わたしと一緒になっただけで、心の底では、自分をワナにかけた妻をずっと許さなかった、そんな気がします。だから、さっさと空のむこうにいってしまった、わたしから逃げて。きっと、そうなんです……」

おしまいのほうの里子の口調は、幼い春子に絵本を読んでやったり、おとぎ話を聞かせていたときの調子を、玉子に思い出させた。

奇妙にのどかで、むなしく、あかるかった。

それが里子だった。

第二話　父かえる

カレンダーが十月に移ると同時に秋雨《あきさめ》の日がつづいた。

ひと雨ごとに気温がさがり、朝晩は暖房が欠かせない。

例年どおりの札幌の秋のはじまりだった。

雨は数日つづき、ようやく雨あがりの空のあかるさが西方に見えてきた日曜日の遅い午後、塔村秋生《とうむらあきお》がふらりと関野寺家にあらわれた。

前もっての連絡はなかった。

ふと思いついて寄ってみた、という何気ないスタイルは秋生の好むところである。

四十五歳で独身の彼は、玉子の夫・六九朗《むくろう》のいとことはいえ、血のつながりはない。

六九朗の母方の伯母《おば》の嫁ぎ先が塔村家で、その伯母の病没後、秋生の母が後妻に迎えられた。秋生は母の連れ子だった。当時、三歳になるかならないかの年ごろだったらしい。

父というより祖父というにふさわしい年まわりの養父は、秋生が十代の後半に急逝した。残された母親も、その十年後に病気で亡くなった。秋生にきょうだいはいない。

「玉子さん、はい、おみやげ」

と、秋生はリビングにいた玉子に、白地の小さな、しゃれた紙袋をさしだした。

「ま、何かしら」

「この前、いただきもののお菓子があんまりおいしかったので、これはぜひみんなに喧《けん》伝《でん》しなくっちゃと思ってね」

それでその菓子を扱っているRデパートで調達してきたのだという。

秋生は、こうしたこまやかな心づかいを、苦もなくやってのける。押しつけがましさはない。一挙手一投足が、妙に力のこもらない淡泊さで、物言いはさらにあっさりとしている。本心がどこにあるのかわからない、という謎めいた部分はあるものの、言っていることは、おだやかでバランスがとれているため、いつのまにか、その場の調整役になっているというキャラクターの持ち主だった。

六九朗が玉子と結婚するまで、秋生は彼を年のはなれた兄のように慕い、六九朗のほうも周囲があきれるほどに秋生をかわいがっていた。二十一の年の差は、弟というより息子に近い感覚だったのでは、とは、六九朗の姉の五三子《いさこ》の説である。

「だから、六九朗は結婚しないんじゃないかって、わたしたち身内の者は、かげで噂《うわさ》していたものよ。もちろん、秋生ちゃんと疎遠になるのがいやで」

しかしまわりの予測と心配を裏切って、六九朗は、あっけなく二十五歳で玉子と結婚した。見合いではない。かといって恋愛結婚と言えるほどひたむきなものが、おたがいにあったかどうか。

六九朗の結婚は、幼い秋生には相当なショックだった。

「だってさ、六九兄さんとはほとんど毎日のように会っていたんだよ。兄さんが勤め帰りにうちに寄ったり、ぼくが兄さんの家に何日も泊まりがけでいったりして。で、兄さんがこっそり言ってくれたんだ。結婚して、しばらくして落ちついたら、ぼくを引きとりにくるって。玉子さんを説得して、必ずそうするからって」

だが、いくら待っても六九朗は秋生を引きとりにはこなかった。

それどころか、秋生は母親から、新婚家庭におじゃますることをきつく禁じられた。

「子供ながらに、それが悲しかったなあ」

と、いつであったか、秋生がしみじみとつぶやいたことがあったが、しかし、それは玉子へのうらみつらみとかでは、ぜんぜんなかった。世の中は自分の思いどおりにはゆかないもの、という話題の延長上に語られた思い出話にすぎない。

いやみを口にしたのは、むしろ六九朗のほうで、夫婦喧嘩《げんか》の最中に、それは投げつけられた。結婚して十年ほどの段階ではなく、たっぷり二十年をへてからである。

「きみとの結婚は、ひとことで言うなら、若気の至り、だよ。男たちの若気の至りってやつは、ほとんどが性欲がらみ。好きなときに、好きなように、好きなだけ、自分と寝てくれる女がいる。これって、あの年ごろの野郎どもにとっちゃあ、目がくらむほどの魅力だからな。しかも、無料《ただ》。ノーマネー。それに当時のきみは、おとなしくて、従順で、すべてが男優先のタイプだったから、たとえば、いとこの秋生をうちに同居させることもOKしてくれると思ったのに、あれは計算外だった」

「あったりまえでしょォッ」

と、もはや二十代ではなく四十代なかばになっていた玉子は、腹の底から思いっきり言いかえした。

「秋生ちゃんには、きちんとしたご両親がいらしたのに、なんで血のつながりのないわたしたちが引きとらなくちゃならなかったのよッ。あなたの言っていること、昔もいまも、わたしにはまったく理解できないッ」

いまになって考えると、六九朗にとっての結婚の決め手は、性欲うんぬんはともかく、秋生との同居を許してくれそうな、自分の言いなりになりそうな相手、という伏せられた条件があったのだろう。

しゃれた白い紙袋に入れられた秋生の手みやげはクッキーだった。

「見た目はごくふつうのクッキーなんだけど。味がいいんだ。洗練されすぎない、というか、なつかしい味がしてね。といっても、ぼくの好みにすぎなくて、このうちのひとたちの口にあうかどうかの自信はないけど」

「そう。じゃあ、せっかくだから、お茶にしましょうか」

玉子がリビングにつづくキッチンへと立ち、ティーカップなどを戸棚からだしていると、仏壇のある奥の座敷でアイロンがけをしていた嫁の里子が、折りたたんだ衣類を手にもどってきた。

里子は、玉子の亡き息子・和佐の嫁である。孫の春子とともに玉子の家に同居して四年になる。里子は四十歳になり、春子はこの四月に高校に進学した。玉子も六十五になった。

「あら、秋生さん、いらっしゃい。お久しぶりですよね」

「おじゃましています。そうか、そういえば久しぶりだったかなあ」

「昨年の暮れ以来じゃないかしら。ほら、塩鮭《しおざけ》まるまる一本を届けてくださって」

「いただきものだけど、ぼくのところではとても食べきれないから、こちらに押しつけてしまって」

「いえいえ、そのせつはごちそうさまでした。おいしい塩鮭で、あっというまに三人で食べきってしまいました」

「ほんとにいい塩加減で、おいしかったのよ、秋生さん」

「いやあ、そう言っていただくと、ぼくとしても、こちらに持ってきたかいがありました」

塩鮭は到来物でこちらにまわしただけ、と秋生は言っているけれど、実際は彼が買ってきたのではないかと玉子は疑っていた。きっとそうでしょう、と里子も同じ意見だ。しかし、二人とも秋生を問いつめない。秋生の厚意に、胸のうちで感謝しているだけである。

正直なところ、秋生のその手の小さなうそが玉子と里子にはよくわからなかった。玉子たちの気持ちの負担にならないようにという気づかいなのは、理解できる。できるけれど、塩鮭一本、うそをつくほどのことだろうか、と二人して首をひねる。しかし、けっして問いただしはしない。

「ところで里子さん、その紺のカーディガン、よく似合いますね」

「これ？　いやだ、春子ちゃんのおさがりですよ。娘は新品、母は娘のおさがり。これがうちのルールになりつつありますよね、おかあさん」

「でも、わたし、里子さんのおさがり、もらってませんけれど」

「ま、おかあさん、必要なら、言ってくださいな。タンスにしまってありますから」

「いりませんよ。春子ちゃんが着てたのを、あなたが着て、さらにわたしが着るなんて、あまりにもなさけない。こう見えても、わたしにだって、そこその見栄《みえ》はまだ残っているんですよ」

「いやあ、お世辞じゃなく、ほんとにそのカーディガン、里子さんにぴったりですよ。なんか、すごく若々しいんだな、これが」

他愛《たわい》ないおしゃべりに興じていると、玄関のインターホンが鳴った。

友だちの買いものにつきあうと、孫の春子がでかけていってから、三十分とたたない。途中で忘れものにでも気づき、もどってきたのだろうか。

壁のインターコムの通話ボタンを押すよりも先に、玄関ドアがあき、短い廊下を声がとんできた。

「わたしーッ。春子ちゃん、いるーッ」

三十八歳になる娘の葉絵のおきまりのせりふだった。必ずこう言って実家を訪れる。「こんにちは」でもなく「ただいま」でもない。つねに「わたしーッ」と自己主張し、玉子と里子を露骨に無視し、とびこえて、姪《めい》の春子しか眼中にないとでもいうような態度でやってくる。

一瞬、室内の空気に緊張が走った。

それは玉子と里子の体から発散された磁波のようなものだった。ひそかな身構えと警戒心が、本人たちも自覚しないそれが、葉絵の出現にはきまってともなう。

二人のそうした気配をすばやく察知した秋生が、いそいで言った。

「すいません、葉絵ちゃんに連絡したのは、ぼくです」

「ここにくるように、と？」

「ええ」

リビングのドアを勢いよくあけた葉絵は、相変わらずおしゃれないでたちだった。

秋にふさわしい枯葉色の薄手のツイードのジャケットに、細身の焦茶色の革のパンツ、ツイードの下の白のブラウスは、そのひかえめな光沢と質感からすると、ポリエステル製ではなく、ほんもののシルクだろう。襟まわりから前立てへと、ひとつづきに二重のフリルがあしらわれ、いかにも華やかだった。

その華やかさに負けない、きらびやかで、圧倒的な存在感が、葉絵にはある。身長は百七十二センチ、顔は小さく、体形はモデルのようにスリムだった。

葉絵は、玉子と里子、そして秋生にもろくすっぽあいさつをせずに、荒々しく勢いをつけてソファに腰をおろした。

つややかな栗色《くりいろ》にカラーリングされ、ゆるいウェイブをつけた豊かな髪が、肩と背中で波打った。

ソファの反対側には秋生がすわっている。

「それで？」

と、葉絵は見くだすような口調と目つきで、いきなり秋生をうながした。

「用件はなんなの？　このあと約束があるから、さっさと片づけてしまいたいのよ」

玉子はとっさに伏目になった。娘の上から目線と、高飛車な態度が恥かしい。秋生にすまないと思うのだ。

しかし秋生は平然として表情ひとつ変えなかった。彼なりに葉絵の性格と扱い方を心得ていた。

「じつは、六九《むく》兄さんのことでね」

「ほら、やっぱりね」と葉絵がだれにともなく言う。

「秋生さんがわたしたち全員を集める理由はそれしかないもの。うちのアホぼんともそう話してたとこ」

アホぼん、とは葉絵の夫の五丈信悟である。五丈ドラッグストアのあとつぎと目《もく》されている信悟は、葉絵の五つ上の四十三歳。夫婦には子供はいない。ともに再婚同士だったふたりが結婚したのは、玉子と里子親子が同居にふみきったのと、ほぼ同じころだから、すでに四年前になる。

秋生はおだやかに口をきった。

「六九兄さん、この春に手術をしたんだ。胃癌《いがん》の初期という診断だけど、胃の三分の一を切って、六ヵ月たったいまのところは転移なしの状態。知らせなかったのは、兄さんの意向で、ぼくとしては、それでいいのかと、ずいぶん迷ったものの、結果的にこうしてきょうまでずるずると……」

女たち三人はだれも何も言わなかった。

ただ表情を硬くして、それぞれの場所で身じろぎもせずにいた。

玉子はキッチンそばの食卓テーブルの椅子の上で。里子は固定電話機が置かれた台の横の古い木製のスツールに浅く腰かけて。そして葉絵はソファに体を沈めて。

落ちつきはらった姿勢をくずさずに、秋生は説明をつづけた。

「それが、ここにきて、六九兄さんは急に里心がついたというか、こちらに帰りたがってね。やっぱり、手術の影響は大きいみたいで、心身ともにまいってしまったんだろうねえ。兄さんからそう言われても、ぼくとしては返事のしようがなくて、ただ聴いているしかない。そのうち兄さんのほうが業《ごう》を煮やして、自分からじかに玉子さんに話してみると言いだしたものだから、やむをえず、こうしてのこのこお使い役をするしかなくて。いや、もしかしたら、万が一にでも、玉子さんの気持ちに変化があって、六九兄さんの帰宅を許してくれるかもしれない、と虫のいい期待も働いてね。胃癌という大病に同情するってこともありうるし」

重くるしい沈黙がその場に流れた。

葉絵さえも黙りこんでいる。

五年前、息子の和佐が、歩道に突っこんできた乗用車にはねられて、三十五年の生涯を終えた。

その四ヵ月後、六九朗は家をでていった。

最愛の息子を失った悲しみと苦しみからのがれるには、和佐とかかわりのあるものすべてから遠のくしかない、それしか方法がない、というのが夫の言いぶんだった。

「理不尽なことを言っているよな、おれは」

と夫は、まるで天気の話でもしているような何気なさで、玉子に語った。

「けど、どうしようもないんだ。きみとこうしていると、幼いあの子がきみに甘えていた姿がよみがえってくる。里子さんに会うと、あの子たちの結婚披露宴が思い出されて、涙がとまらなくなる。春子を見れば、うまれたばかりの娘を抱いて、幸せそのものだったあの子の笑顔が目の裏にはりついてはなれなくなる。そもそもこの家自体が、ひとつの大きな思い出ボックスなんだ。何を見ても、どこをむいても、家族の記憶がしみのようにはりついている。それがつらくて、苦しくて、耐えられないんだよ」

「わたしだって同じです。でも、耐えていくしかないでしょう？　残された家族が支えあっていくしか。和佐の忘れ形見の春子ちゃんをぶじに育てあげる責任が、祖父母のわたしたちにはあると思うし」

「春子には里子さんがついてるだろうが」

だから自分たちがそこまで孫の春子の面倒を見る必要はない、と言外に匂わせている口ぶりだった。しかも、そこはかとなく怒気をふくんでいた。

一瞬、玉子はあっけにとられた。

自分のまったく知らない夫の一面をつきつけられた思いだった。ひやりとした。

「それはもちろんそうですけど、里子さんひとりに春子ちゃんをまかせきるのは、かわいそうすぎます。和佐の急死にショックを受けているのは、親のわたしたちも里子さんも同じじゃないですか」

「とにかく、おれはしばらくこの家からでる。そうしないと、精神的にぼろぼろになって、そのうち、とりかえしのつかない状況に追いつめられる。そうなる前に、自分で自分を守る道を考えないと」

「じゃあ、わたしはどうなるんです？」

「きみはきみの道を、やり方を考えればいい。どういう方法をとろうと、おれは反対しないよ」

「この家をでて、どこへいくのですか」

「秋生のところへいく。ほら、秋生の家の離れがあったろう？　だれも使っていないし、ひとにも貸していないようだから、あそこに住まわせてもらうつもりだ」

両親の死後、秋生はずっと残された一軒家にひとりで住みつづけていた。その家で養父を見送り、次に実母を看取《みと》った。老朽化した、しかし広さだけはあるその家の一部分だけを住居として秋生は暮らしている。

「秋生さんの了解はもうとってあるのですか」

「まあ、それとなく。しかし、秋生はだめとは言わんさ。おれとあいつの仲なんだから」

「もう、決めたんですね。これは相談ではなく、そちらの一方的な報告なんですね」

「言ったろう？　もう限界なんだ。この家に住みつづけていると、気がおかしくなりそうだ」

わたしだって同じだ、と玉子は言いたかったが、怒りで頭が熱くなりすぎて、ことばが口からでてこなかった。どう考えても、夫の言いぐさは身勝手すぎた。

ただ黙って見かえすしかない玉子にむかって、さらに六九朗は追いうちをかけるように言いすてた。なぜか憎々しさがこもっていた。

「やっぱり男より女のほうが精神的にタフにできてるな。和佐を失ったこの四ヵ月に、おれは十キロ近くやせたのに、反対にきみは十キロ近く太った。女は図太いもんだな」

ストレス性の過食のせいだった。玉子にはその自覚はあったものの、いまここで夫にそれを説明するむなしさも、同時に感じた。妻の心中を推し測ろうともせずに、図太い、と決めつけてかかる夫の思いやりのなさがこたえた。

息子の死後、急速に太った玉子が、それとは反対にまたたくまに、やせてゆくのは、夫が家をでていってからである。嫁の里子が「おかあさんをひとりにしておけない」と春子をつれて、ほとんど毎日のようにやってくるようになったのは、そのころからだった。

「わたしが言うのもなんですが、おとうさんのやり方、あんまりですよね」

と里子は、玉子の家にくるたびに、必ず一回はそれを言った。春子の耳をはばかる小声とはいえ、言わずにはいられないという激した感情が、つねにふるえる小声になっていた。

「でもね、里子さん、あのひとは、昔からああいうひとだった。やさしい夫じゃなかった。その延長線上に今回のことがあるのよね。そう思う」

六九朗がそのやさしさを手放しでそそぐのは、秋生と和佐にかぎられていた。娘の葉絵に対してはそこまでではなかった。妻の玉子には、さらにだし惜しみした。家庭内では、けっしてやさしい夫、公平な父親とはいえない六九朗だが、一歩そとにでると、その評価は高かった。仕事面ではヤリ手であり、切れ者であり、その人柄は清潔で誠実と評されていた。

結婚当初、六九朗は、札幌に本社を置く食品関連会社に勤めていた。

しかし、姉の五三子の夫で、起業家でもある高遠《たかとお》登《のぼる》に誘われ、三十歳を目前にして会社を辞めた。辞めるにあたって、玉子に相談はなく、その結果だけが一方的に告げられた。

五三子よりひとまわり年上の高遠は、六九朗が大学生のころから目をかけ、将来に期待していたという。義姉の五三子から玉子はそう聞かされた。

六九朗が大学を卒業したらすぐにでも自分の手もとに置き、事業上のノウハウを教えこみたかったらしいのだが、まだ若かった六九朗は義兄の高遠の子飼いになるのをきらった。

しかし、数年間のサラリーマン生活は、六九朗に一介のサラリーマンとしてできることの限界をいやというほど痛感させたようだ。

高遠のもとで秘書と補佐と見習いをかねた二年をすごしたあと、六九朗は、おもに東南アジアの製品を扱う貿易会社をおこした。

それはおもしろいほどの大当たりをし、かげのオーナーである義兄を大喜びさせた。

その勢いにのって進学塾の経営にも着手した。塾の講師陣は国立H大学の現役の学生や大学院生でかためた。それが付加価値となった。その塾に通えば、だれもが国立H大学に現役で入れる、といった期待と錯覚をいだかせたようなのだ。塾の拠点数はふえ、またたくまに札幌全域にひろがった。

当時はまだ東京方面の大手の進学塾や予備校がそれほど札幌に進出していなかったため、まったくのひとり勝ち状態だった。

それから二十数年後、まだまだやってゆけるという段階で塾の経営権は売却された。

将来の少子化を見すえての六九朗の判断だった。塾をスタートさせたときから、それはプランの一部に加えられていた。

そのほかにもさまざまな事業を義兄の高遠とともに手がけてきた。ワインやチーズなどの食品販売、ラーメン店や居酒屋といった飲食関係、もともとのベースであった輸入雑貨の拡大と、その相手国である東南アジアでの食品加工工場の建設と経営など、事業対象は多岐にわたった。

すべてが成功したわけではないものの、大きな損失もださずにきた。

事業規模は拡大しなかった。つねに社員は五十名ほどにとどめ、目立たず、ひけらかさず、誇大な宣伝もせずといった経営方針をつらぬいた。

現在、八十歳をすぎた義兄の高遠は「ＴＡＫＡＴＯ物産」の会長におさまり、六九朗は相談役、社長には高遠の五十代の息子があとをついでいた。

相談役の肩書きはあるものの、現役の第一線からはしりぞいているのも同然の閑職である。

社長である高遠の息子がすべてにおいて優秀で、彼とそのブレーンたちにまかせておけば、六十六歳の六九朗が口出しすることもない。

起業家としての夫の活躍と実績は、そこそこに知ってはいても、玉子の感覚としては、自分はあくまでも地道で堅実なサラリーマンの妻だった。

六九朗があえてそう仕向けてもいた。

結婚してこのかた、玉子はいまだに夫の正確な年収を知らなかった。「いくらなの？」ときいても、いつもやんわりとかわされた。

「何かあったときのことは、ちゃんと考えてある。金銭の管理をするのは、きみよりもおれのほうがむいている」

六九朗はギャンブルには無関心で、酒好きでもなかった。つきあいで麻雀《マージャン》卓を囲んだり、接待で宴席につけばカラオケの一曲も唄う如才のなさを示しはしたが、自分ひとりで酒場に通うといったことはほとんどなかった。

必要な生活費は毎月わたされた。

その金額は、必死にやりくりしなければ不足するという額ではないけれど、ろくに考えもせずに気のむくままに使っていたならひと月はもたないといった額面だった。

カード類はいっさい持たされなかった。

月によっては、子供たちの教育費や医療費、冠婚葬祭費などの予定外の出費があって、生活費がたりなくなったりもする。そのときは夫に事情を説明して、たりないぶんをもらうしかなかった。

それに対し、六九朗は、文句やいやみを言うのでもなく、いつも黙って不足ぶんをおぎなってくれるのだが、そのたびに玉子は淡い引け目と屈辱感をかみしめた。夫の無言も、かえって圧迫感となった。

家計のやりくりのへたな主婦、とだれかに言われているような負い目だった。夫がはたして自分の説明を信じてくれているのかどうか、といった不安もあった。

結婚してほどなく、玉子は支出ノートをつけはじめた。やりくりの参考というより、夫に見せるための、「わたしはごまかしていません」のアリバイ支出ノートともいうべき内容だった。

そのノートを見せたとき、六九朗は口もとにうっすらと笑みをのせた。

「ようやく気がついたか」

葉絵が小学五年生になった年から、玉子はパートで働くようになった。意外にも夫は反対も賛成もしなかった。それまでは「幼い子供をほったらかしにするな」と、そとにでて働くことを禁じられていたのである。

それでも最初のパートは、葉絵が小学校にいっているあいだの午前中の時間にかぎられた。玉子としても、葉絵をひとりで留守番させるのは心配で、かわいそうで、できなかった。和佐はすでに中学生になっていた。

パートの職種は選ばなかった。

男性の酔客相手の仕事だけは避けた。

自分の体がいたって頑丈にうまれついていると再認識したのもこのころである。家事とパート勤めの両立を少しの苦もなくやりこなせ、それはひとえに恵まれた体力と健康にささえられてのことだった。

自分で稼ぐことの爽快さも、あらためてかみしめた。

夫にまるごと養われ、子供の成長だけが楽しみと生きがいだった十数年間をへて、あらためて仕事を持ってみると、ほとんど感動してしまうほどの張りあいがそこにはあった。

結婚前に会社勤めの経験はあったとはいえ、そのときといまでは、働くことそのものの意味あいがまるで違うのだ。

夫からきかれないことをいいことに、玉子はパート勤めについては、ほとんど報告しなかった。時給いくらかも言わずにきた。

夜に夫が帰宅したときには、玉子もその日のパート仕事をおえて家に帰っているため、妻が日中そとで働いていることさえ、六九朗は忘れているかのようだった。

月々の生活費は、それまでどおり夫からわたされた。

不足した場合も、やはり、これまでと同じく夫に請求した。

パート勤めでえた報酬は生活費のたしにされることはなく、一円残らず玉子個人の預金通帳に貯《た》めこまれた。不思議とへそくりの意識はなかった。

息子・和佐の死後四ヵ月ほどして、六九朗が、その哀《かな》しみから立ち直るため、しばらくひとり暮らしがしたいときりだしてきた際、玉子はすかさずたずねたものである。

「わたしのほうの生活費はどうなります？」

「これまでどおりに口座に振り込むよ」

六九朗は、会社の相談役として、毎月しかるべき給与を受けとっている。

「この機会におたずねしたいのですが、わが家の資産状況を説明してくれませんか」

「説明？　なんのために」

「わたしも半分いただける資格がありますもの」

用心深く口にはださずにいたものの、夫のひとり暮らしは、事実上の別居、そして、あるいは離婚へとすすんでゆく可能性がないとはいえなかった。

「半分の資格ねえ……なるほど……」

夫は妙に感心した様子でつぶやいた。

「うちにはどのくらいのおカネがあるのか、そこが知りたいんです」

「さあ、おれもくわしくは把握していなくてね」

と六九朗は答えたけれど、玉子は直感的に夫のうそを見破った。自分の資産額を把握していなくて平気なほど、夫はおおざっぱな性格ではない。

「あなたのひとり暮らし、賛成はしません。けど、わたしが賛成しなくても、あなたはやってしまう。そういうひとですものね」

六九朗は、うんともすんとも反応せずに、腕を組んだまま、目をつむった。

こちらを拒んでいるのか、一応は言いぶんを聞こうという姿勢なのか、若い時分から夫が得意とするこのポーズが、玉子は大きらいだった。

おそらく勤務先でもよくやっているポーズなのだろう。そして、それなりになんらかの効果があったに違いない。だから、いつまでもやりつづけている。

「お願いがあります。わたしの老後の資金として三千万円ください。もちろん、月々の生活費とは別に。ひとり暮らしをはじめる前にいただきたいのです」

「三千万円……」

夫の頬がかすかにゆるんだのを、玉子は見逃さなかった。

しまった。失敗した。

もっとふっかけてもよかったらしい。

「わかった、そうしよう」

数日後に玉子の銀行口座に三千万円が振り込まれた。このことは、いまだにだれにも話していない。

それから一週間とたたずに夫は秋生の家の離れに移っていった。

食事がのどを通らなくなったのは、そのあとである。

息子と夫を、ほとんど同時に失ったという痛手と傷心は、玉子が自覚する以上に深刻だった。それをまっ先に感じとったのは、玉子自身ではなく、嫁の里子である。それが玉子宅への日参となった。

職種はそのつど変わっても、二十年以上もつづけてきたパート勤めを、中止せざるをえなくなったのは、急激な体重減少と精神的なストレスによる半病人状態がつづいたためである。それを救ってくれたのが里子たちとの同居だった。孫の春子の存在も大きかった。また里子の、ほとんど介護に近い玉子への寄りそい方は、大きな支えと慰めを与えてくれた。

そんなふうにしてこの家からでていった夫の六九朗が、五年たったいま、ふたたび家にもどりたいと言っているという秋生の話に、女たち三人は言いかえすことばもなく黙りこんだ。

五分たち、十分がすぎた。

やはり、だれも何も言わない。

ここでまっ先に発言すべきはわたしだろう、と玉子は思いつつも、

(何をいまさら、ばかばかしい、返事は聞くまでもないだろうに)

と、夫のあまりにも自分本位な申し出に、まともに相手になる気にもなれない。

五年かけて夫への怒りやうらみを、ようやく薄れさせてきたのだ。次に会うのは、どちらがあとさきになるにしろ、死別のとき以外にはない、と思い決めてもいた。

葉絵のほうを盗み見た。

何ごとによらず、さわぎたてるのが好きな娘なのに、なぜかきょうはおとなしくしていた。きれいにマニキュアをほどこされた長い爪を目の前にかかげて交互に眺め入り、その表情からは読みとれるものはなかった。

里子も無表情を装っていた。

玉子とふたりきりのときは、遠慮がちとはいえ義父の非を責めるせりふをつぶやいたりするけれど、いまは義母の出方にあわせているようだ。

沈黙を破ったのは秋生だった。

ため息まじりに、

「そうか……」

と言いつつ、自分の両膝にばんと両手を置いた。

「当然だね、いきなりこんな話をされても、すぐにどうこう決められるものじゃない。とにかく一応考えておいてくれませんか。ただ、さっきも言ったけど、大病後の六九兄さんは、もう以前のような兄さんじゃなくて、そこがぼくとしては見ていてもつらくてね……ああ、ごめん、同情票を集めるつもりはないんだ……さてと」

秋生はゆらりとソファから立ちあがった。長身痩軀《そうく》のその姿は、秋の野原で風にゆれる丈高いススキの穂を連想させた。一瞬、四十五歳の秋生にしのびこんできた初老の影を、玉子は見た気がした。はじめて会ったとき、秋生はまだ四歳で、少年というより乳くささを残す、あどけない幼児だった印象がある。

「それじゃあ、ぼくはこれで帰ります」

「あら、せっかくだから晩ごはん食べていったら」

と玉子は反射的に心にもないことを口走った。なんだか秋生がかわいそうになったのだ。夫の使いでやってきて、手ぶらで帰すのが申しわけないような、気の毒なような。

同時に二方向から強い視線を感じた。

葉絵と里子が（余計なこと言うな）とばかりに玉子をにらみつけていた。

「いえ、きょうはこれで。六九兄さんが待ってますから」

「そうなの」

「また一週間後ぐらいに連絡させてもらいます。一週間では短すぎますか」

「努力してみます、とりあえず」


秋生が帰ったあと、これから約束があると言っていた葉絵も帰るのだろう、とそちらを見ると、葉絵は枯葉色のツイードのジャケットをぬぎ、ウェイブした長い髪を、バッグからとりだした輪ゴムで一本にまとめていた。

「はあちゃん、約束があるのじゃないの？」

「やめた。いいのよ。どうせ大勢集まるのだから、わたしひとりぐらい欠席しても、だれも、気にしない。それより、おなかすいた。出前でもとらない？　わたしがおごるわ。お鮨《すし》なんかどう？　特上の三人前に鉄火巻き二人前プラスして。春子ちゃんのぶんも頼んでおいてあげたら？　ちらし鮨とかを」

玉子と里子はとっさに顔を見あわせた。

金銭上は何不自由のない贅沢《ぜいたく》な暮らしを送りながら、玉子のいる実家に里帰りしたときの葉絵はケチそのものだった。

一週間、十日間と長居をしながら、一円たりとも身銭をきろうとはしない吝嗇《りんしょく》ぶりで、出前をおごってもらったことなど、これまでない。姪の春子に対してだけは別である。いい叔母《おば》さんと思われたい下心がみえみえだった。

思わず玉子はききかえした。念を押してみずにいられなかった。

「はあちゃんがおごってくれるの？」

「そう言ったでしょ」

「お鮨の特上が三人前に鉄火巻き二人前なんて、いいの？」

「しつこいわね」

「だって、高いわよ、こんなに頼んだら」

「わたしだってたまにはね」

「でも……」

と、さらに言いかけたとき、里子が黙ったまま烈《はげ》しくかぶりを横にふった。（もう、何も言わないで）の合図だった。

と同時に里子はにこやかに葉絵のほうをむく。

「ごちそうになります、葉絵さん、ありがたく」

「お礼なんていいってば。さっき秋生さんの話を聞いていて、ふっと思い出したのよ。

お兄ちゃんが死んで、それで半年もたたないうちに、おとうさんがひとり暮らしをはじめるとかなんとか言いだしたころのこと。あの当時のわたしは、アホぼんと結婚するしないでもめていて、で、おとうさんの件は里子さんとおかあさんに丸投げして、なんの力にもなってあげなかったのよね。それを思い出して、なんか、悪かったなって、いまさらながらちらっと反省したりしたわけ」

「……聞きました？　おかあさん……」

と、里子がちょっと涙ぐんだ声で玉子をふりかえった。

葉絵の予想外の思いやりと謙虚さに胸を打たれたのだろう。玉子としても、こんな葉絵をまのあたりにするのは久しぶりだった。

だから、里子と同じく、他愛なく感動してもいた（やっぱり、はあちゃんは、もともとは善《よ》い子なのだ。虫の居どころの悪いときが、ほかのひとよりも多いだけのことで、根は、悪い子ではない、あるはずがない）。

「じゃあ、わたし、お鮨屋さんに電話しますね」

そう言いながら里子はスツールに腰かけたまま横の固定電話へと手をのばす。

「お鮨だけではなんだから、簡単なお吸いものでもつくりましょうか」

と玉子もキッチンそばの食卓テーブルで応じた。

葉絵もソファから体を起こす。

「わたしは着がえてくるわ」

葉絵の部屋は、子供時分から使っていた二階の六帖《じょう》である。

勉強机とベッド、さらに、そのおりおりに葉絵が持ちこんできた不用品のダンボールが押入れのなかを占領している。

これがよくないのでは、と最近になって玉子は思わないでもなかった。

この部屋があるために、葉絵は、いとも気楽に、しょっちゅう里帰りしてくるのではあるまいか。

義姉の里子に対して大きな顔をし、この家の娘はわたし、あなたはよそからきたひと、とばかりに嫌味な態度をとるのも、自分の部屋がいまだにキープされていることと無関係ではないのではないか。

しかし、これまでずっと黙認してきたのに、急にそれをとりあげる理由も口実も、さしあたっては見あたらなかった。

それがスムーズにできたチャンスは、たとえば四年前、葉絵の再婚と、里子たちの同居のあったあの年だったろうけれど、現実には、そこまで頭がまわらなかった。

息子・和佐の事故死への悲嘆とすさまじい喪失感、そこにたたみかけるような夫・六九朗のひとり暮らしの件、それらをのりこえるのに必死だったのだ。精一杯だったのだ。

一時間たった夜の七時少し前、女たち三人は、出前の鮨桶《すしおけ》の置かれた食卓についていた。

お吸いものの椀《わん》と青菜のごまあえも、玉子が手早く用意した。

特上だけあって、ネタがよいだけでなく、握りの数も多い。サバやコハダなどの光りものの好きな玉子は、しかし、自分は特上ではなく、上か並にすればよかったと、ひそかに思っていた。光りものは、鮨の格があがるほどに少なくなる。今回の特上などは、光りものは一個も入っていなかった。かわりにカズノコやサーモンなどにとってかわられていた。カズノコなどは、玉子がこの先一生、口にしなくてかまわない、と思っている食のアイテムのひとつである。

しばらく黙って箸を動かす時間がはさまれた。

握りと鉄火巻きをそれぞれ半分ほどたいらげたころ、葉絵が満腹感のけだるさを漂わしつつ口火をきった。

二階の自室で着がえてきて、いまは黒のジャージ姿である。かなり着古した一着で、玉子がおぼえているかぎりでも、ずいぶんと前からふだん着とパジャマをかねていた。

「それで、どうするの？　おとうさんのこと」

「どうって？」

「おかあさんの本心はどうなのかってこと」

「だから、どうもしない。現状維持よ」

「いいわけ？　それで」

「わたしが追いだしたのじゃないもの。むこうが勝手に、一方的にそう決めたのよ。いまになって帰りたいなんて、あまりにも都合がよすぎる」

「大病して気持ちがくじけたのね、きっと」

「そんなことは、でていくときに、とっくに覚悟していなくちゃならないことでしょ。二、三十代の若いうちならともかく、ここをでていったとき、おとうさんは六十一だった」

「還暦すぎてたか」

「万が一、帰ってくるにしても、こっちはどんな顔して対応したらいいのよ。考えただけで気が滅入《めい》るわ」

里子が重大なことを、いかにもさりげなくつぶやいた。

「おとうさんがもどってくるのなら、わたしと春子ちゃんは、このうちをでます」

「里子さん、そんな……」

玉子は狼狽《ろうばい》すると同時に、むしょうに夫に腹が立ってきた。

「里子さんがでていく必要なんてありませんよ。おとうさんは、家に入れません。そうでしょう？　お兄ちゃんが突然に死んで、家族みんなが心をひとつにして励ましあわなくてはならないときに、あのひとは、わたしたち家族を見捨てたも同然のことをした。大病をしたからといって、そんなひとに、なんでやさしくしてやらなくちゃならないのか」

「わたしも同じ思いです」

と里子もつぶやいた。

「和佐さんを亡くして、おとうさんもつらかったでしょうが、それは、おかあさんもわたしも春子ちゃんも、同じようにつらかった。どう乗りこえていいのか、みんな途方にくれていました。葉絵さんも、そうでしたでしょ」

「まあね」

「あのときの唯一の方法は家族みんなが寄りそって生きること。そうするなかで、少しずつ回復してゆくしかなかった。いえ、それしか解決の方法はなかったんです。なのに、おとうさんは、わたしたちの手をふりほどいて、でていった。おかあさんは、息子を失い、夫に置いてきぼりにされ、二重の喪失感にどれだけ苦しんだことか」

里子のことばに、玉子は思わず涙ぐんだ。

ことあるごとに、こうした会話が里子とかわされ、そのたびに少しずつ、ほんの少しずつではあるけれど、玉子は癒されてきた。

ここ一年ほどは、春子の高校進学の件もあり、こうした会話はめっきりへっていた。が、いまの里子のことばを聞き、里子が以前と変わらない気持ちでいてくれたことが、玉子にはうれしく、ありがたかった。だれよりも心強い味方だった。

葉絵は、しかし、里子の言いぶんに、これといったあいづちも打たず、コメントもなく、ほとんど無関心なまま、まったく別の切り口できた。

「わたしが気がかりなのは、おとうさんが先に亡くなった場合のことなのよ。遺言書は書いてあるのかしら」

「さあ」と玉子と里子は顔を見あわせた。

「いまのややこしい状態からすると、おとうさんが、自分の全資産を秋生さんにのこす、という遺言書を書く可能性はあるわよね。そのときは裁判を起こして、おかあさんの取りぶんを請求することはできるけど、それって、面倒じゃない。だったら、余計な遺言書を書かないようにって、おとうさんに念を押しておくのも必要だと思うの。余計なことをしなければ、籍は抜いていないのだから、この家もふくめて、のこされたものは、おかあさんやわたしたちのものになる。けど、ここで、帰りたがっているおとうさんを拒否したら、へそをまげて、おかあさんに不利な遺言をのこすかもしれない。籍を抜けば、おかあさんは遺族年金だってもらえない」

「そんな……ふんだり、けったりじゃないですか」

「法律だから仕方ないの。っていうか、これまで、おかあさんが、家計のことはすべて夫まかせで、現状を把握してこなかったのが、そもそも問題なのよね」

「違うわよ、はあちゃん。前にも言ったように、わたしがいくら頼んでも、おとうさんはおカネの管理は自分で握り、その内容さえ教えてくれなかったの」

「だからって、妻たるものが、おとなしく引きさがっているというのは、どうかと思うわね、それも三十五、六年の長きにわたって」

　葉絵の口調に、挑戦的な、意地の悪いひびきがこめられてきたのを、いち早く感じとった里子が、すばやく話をずらした。

「葉絵さんとしては、おとうさんにどうしてもらいたいのですか？」

「正直なところ、どうでもいいの。どうぞ、ご勝手にって。ただ死んだあとで、金銭的におかあさんが困るようなことだけはやらかしてほしくないわけよ。もしそんなことになったら、無一文のおかあさんの面倒は、わたしや里子さんの肩にかかってくる。それだけはごめんこうむりたい。だから、こうして心配してるの。わたしはリアリストなだけよ」

「前々から思ってましたけど、葉絵さんは、おとうさんに対して、とってもクールですよね。いわゆるファザコン的なところ、あんまりないような」

つかのま葉絵の視線はテーブルの一点に停止した。数秒間、動かなかった。

（おや？）と玉子と里子が意外な気持ちで見守るなか、ふたたび口をひらいた葉絵は、何かのせりふを棒読みしているような抑揚のなさで言った。

「あのひとは、わたしみたいな女、きらいなのよ。娘に持ったのを、恥じてる。あのひとにとって、子供は、お兄ちゃんだけでよかった」

「そんな葉絵さん……」「はあちゃん、それは……」と里子と玉子がほとんど同時に言いつのりかけたのをさえぎり、さらに葉絵は淡々とつづけた。

「大学生のころ、言われたわ、そんな娼婦《しょうふ》みたいな恰好《かっこう》をするな。そんな派手な髪型でこの家に出入りするな。もっと地味にしろ。化粧なんかするなって。いつも、おかあさんのいないところで、小声で叱りつけるようにね。でも、その傾向は、わたしが中学生のころからあったの。のっぽで派手な女が、あのひと、好きじゃないのよ。いえ、わたしという娘がね。ほんとに憎々しげな目で見て、どうしてそんなにでっかくなるんだって、吐きすてるように言いつづけた」

玉子は愕然《がくぜん》とした。はじめて聞くことではないか。

「はあちゃん、それ、ほんとなの？」

「うそつく必要がある？」

「だって、いままで、なんにも言わなかったじゃない」

「言っても、おかあさんは信じないでしょ。おとうさんはそんなひとじゃないって、かばったり。それははあちゃんの聞きまちがいだろうって決めつけたり」

「そんな」

「ううん、あったのよ、一度、中学生のとき。あんまりおとうさんがかげでわたしをののしるから、おかあさんに助けを求めて訴えた。そしたら、おかあさん、なんて言ったと思う？　それは愛情の裏返しだろうって。愛情の裏返しかどうかぐらい、中学生にもなったら、直感的にわかる。けど、おかあさんは聞く耳持たずって感じで、いくらわたしが言っても相手にしてくれなかった、おとうさんはそんなひとじゃないって、むきになってくりかえすだけ。そのとき、わかったの。おかあさんに言ってもむだなんだ、と」

その記憶は、玉子にはなかった。きれいに忘れ去ってしまっていた。

だが葉絵が作り話をしているとも思えない。そうする必要性はないからだ。

多分、当時の玉子は現実をあるがままに受け入れる勇気と智恵《ちえ》と判断力が、いまの半分も育ちきっていなかったのだろう。

葉絵が中学生のころといえば、玉子は四十代前半で、夫への気持ちはまったく枯れていなかった。

家族愛や夫婦愛などの落ちついた心境になるには、くすぶるものが多すぎた。

結婚当初から、夫の愛情と関心をひとりじめできていないという漠とした焦りや不安が、くすぶりを長引かせてもいた。

いつかきっと、と思いつづけた。

いつかきっと何かのきっかけで、夫がわたしをしっかりと見つめてくれる日がくるに違いない。

あきらめるという選択肢など考えもしなかった。あきらめても、なお、それなりに結婚を、夫と妻の役割りをつづけてゆけるとは想像もできなかったのだ、そのころは。

そうした日々のなかで、娘の葉絵の夫についての訴えは、うとましかった。それは、聞きようによっては夫の悪口である。

夫が葉絵に対し、息子の和佐に対するよりも、やさしくない、とは、うっすらと感じてはいた。

が、直視したくなかった。やさしくないのは、たまたま夫の虫の居所が悪かっただけ、という解釈で、玉子は自分を納得させていた。

夫の悪口など、できることなら聞きたくもないのに、しかし、娘はしつこくくりかえす。

だから、やむをえない対処法として、葉絵の前では聞いているふりをして、そのじつ、すみやかに忘れ去った。

聞くはしから、どんどん忘れ、そうやって記憶にはのこすまいとした……。

あれから二十数年たったいま、葉絵にそれを指摘されて、どきりと動揺し、ショックでもあるのは、玉子自身、身におぼえがあるからだった。記憶がまったくの空白状態なら、ショックではあっても、ここまで動揺はしない。

もはや四の五《しご》の言うのはやめた。

「ごめんね、はあちゃん」

玉子は謝った。

「悪い母親だったわね。わたしもそのころは、いまの里子さんぐらいの若さで、それで、おとうさんにひとりの女として見てもらいたくて、おとうさんの機嫌をとるのにやっきになっていて、はあちゃんの気持ちを思いやる余裕がなかった。それがあなたを傷つけた。そういうことよね。あさはかな母親ね」

意外にも葉絵は、こういう場合に、きまって言い放っていたせりふを、玉子に投げかけなかった。「謝ればすむってもんじゃないッ。泣きおとしの手なんかにのらないからッ。残念ね。おあいにくさまッ」といったせりふである。

それどころか、その日の葉絵は、玉子にやや同情めいたことさえつぶやいた。

「知ってた。おかあさんがおとうさんの顔色をうかがってばかりいて、その逆に、おとうさんは口数少なく、冷笑的《シニカル》に、おかあさんを見くだしている。これって、なんだろうって、子供心にもいやな光景だった。夫婦の心理プレイとして、いまで言うところの、ご主人さまとメイドごっこをやってるのじゃないのは、勘でわかるしね。やっぱり、おたがいをよく理解しないうちに結婚したのがよくなかったのかもね」

職場の同僚の結婚披露宴で、六九朗と玉子は出会った。花婿側にいたのが六九朗、玉子は花嫁側である。

当時は結婚適齢期なることばが、おおっぴらに世の中を闊歩《かっぽ》し、特に女性は二十五歳がそのピークとされていた。二十五をすぎると、「行き遅れ」と呼ばれる敗者になる。

玉子はその可能性も大きい二十四歳で、自分自身の焦燥感はもとより、まわりの者たちも、ことあるごとに、やんわりと、あるいは露骨に結婚をせっついた。結婚しなければ一人前ではなく半人前であり、その親たちも肩身のせまい思いをする。

玉子の高校の同級生の女性などは、世間体ばかりを気にする母親から、泣きつかれたと憤慨してもいた。

「一日で離婚してもいいから、とりあえず結婚してくれ、相手はどんなひとでもいいって言うの。なんかへんじゃない？　この考え方って。でも言うとおりにして、結婚して一日たって離婚したとしたら、きっと実家にはもどらずに、遠い土地にいって、ほとぼりがさめるまで、そこでおとなしくかくれていてくれって言うわね、うちの母親なら」

六九朗の初対面の印象は悪くなかった。

ほっそりとした体つき、まじめで物静かで、いかにも知的な雰囲気などといったところは、玉子としては、はじめから話しかけやすいタイプだった。母方の親戚の男系が、おおむねこのタイプで、体臭がむんむんにおってくるような、荒っぽい体育会系とは正反対である。

結婚披露宴のあとの友人たちだけを集めた二次会で、玉子のほうから話しかけた。

「お嫁さん、きれいでしたね、お婿さんもステキで」といった、あたりさわりのない内容だった。

六九朗の反応は悪くなかった。

彼はそこではじめて玉子の存在に気づかされたというふうな顔つきでまじまじと見かえし、ひと呼吸置いたあと、いかにも感心した口ぶりで言った。

「いいお声していますね。声楽でもやられているのですか」

声をほめられたのは、はじめてだった。

さらに六九朗が、玉子の身体的かつ持ってうまれた特質のなかで、あとにもさきにも、ほめてくれたのが、このときの「声」である。それ以外に彼が玉子をほめることは、ただの一度もなかった。

さほど会話のはずまない、どこか義務感が背中を押しているようなデートが数回つづき、やがてふたりは結婚した。新郎二十五歳、新婦は二十四歳だった。

玉子としては（このひとを逃したなら、次の出会いを見つけるのはまた大変になる）という気持ちがあった。

だから、どうすれば六九朗に気に入られるかということに心をくだきつづけた。

ほどなく、彼の好みがわかった。

つねに彼を優位に立たせ、プライドをくすぐり、玉子のほうは一歩も二歩もさがっていると、六九朗の機嫌はすこぶるよかった。

「男よりも愚かで、従順で生意気な口をたたかず、男の顔を立てつづける」女が、六九朗の好みと判明したとき、玉子の胸のうちを、冷ややかな嫌悪の突風が一瞬、吹き流れていったけれど、玉子は自分で自分をだました。気づかないふりを装った。

結婚後、すべて自分の意のままになるはずの妻が、意外にもそうはならないことを知った六九朗が、腹立ちまぎれに吐きすてたことばは、

「おまえは、ずるい」

である。

そうかもしれないと玉子は夫から目をそらしつつ、内心でそれを認めた。結婚にこぎつけるため、どれだけ本来の自分を押しころし、六九朗の好みどおりの女を演じてきたかを思うと、なるほど「ずるい」自分がいた。

しかし、新婚まもなく、夫が言ってきたことは、とてものむことはできなかった。

まるで親子ほどに年のはなれた、しかも血のつながりのないいとこの四歳の秋生を同居させたい、それがむりなら週末ごとに自分たちの所に泊まらせて一緒にすごしたい、というのである。

「あなた、正気で言ってるのですか、そんなこと」

「なんだ、その言い方は。無礼じゃないか」

「秋生ちゃんには、ちゃんとご両親がついているでしょうに」

「いや、正確には、実母と養父だ。秋生の母親が次の子をうむためにも、そして新しく家庭を築いてゆくためにも、前の結婚でうまれた秋生は、あの家と距離を置いたほうがいいんだ。あそこにいつづけたら、必ず苦労する。母親の連れ子ということで、そのうち、じゃまもの扱いされないともかぎらない」

「そこまであなたが心配することはないでしょう、わたしまで巻きこんで」

「そのための方便として結婚したんだ……」

六九朗の最後のつぶやきを、玉子は聞かなかったことにした。

自分にとって、もしくは自分たちの関係にとって都合の悪いことは見ない、聞かない、問いかえさないようにしてきたこれまでの年月だった。

しかし玉子は息子・和佐の死まで、この結婚は失敗だったとは、ちらりとも思ったことはなかった。とりあえずは人並みに幸福だと信じていた。結婚生活のなかの多少の不協和音は、どこの家庭にも、どこの夫婦にも、どこの親子にもあることだろうと、深刻に悩んだりもしなかった。

娘の葉絵の、悪性の発作のような理不尽な言いがかりと攻撃にしても、親子、特に母と娘にはありがちなこととして、ときには手ひどく傷つきながらも、仕方がないと受け入れてきた。娘を問題児扱いはしなかった。異常な親子関係ではなかろうかと疑ったためしもない。葉絵は、要するに、そういう性格なのだから。

が、和佐の突然の死と、その直後に夫からきりだされた別居は、玉子の根底をゆるがした。

さまざまな面で夫と自分の違いはあっても、見ている方向はほぼ同じ、だから一緒に暮らしてゆけると思っていたのが、どうも、そうではなかったらしいのだ。

夫とのズレはどのあたりからうまれたのだろう、とあらためて考えるまでもなく、ズレは結婚当初からあった。

そのズレをうめるべく、地道に、根気よく、淡々と生活をともにしてきたのが、自分たちの結婚だったのだ。おそらく、この点では、六九朗もうなずいてくれるだろう。

しかし、見ている方向は決定的に違っていたらしい。だから夫は息子を失うとほとんど同時にこの家からでていった。息子の死を、ともに嘆き悲しむ相手は妻ではなかったということだ。

しばらく休憩していた葉絵の箸が、テーブルの上の鮨桶にのびた。鉄火巻きをつまむ。

「さっきの遺言書の件にもどるけど、あしたにでも、わたし、秋生さんに電話してみる。

わたしとしても、どっちを先にすべきなのか、そこのところの判断はつかないんだけど、おとうさんがこの家にもどりたがっている、でも、おかあさんたちはいやがっているってなると、そのうち感情的にこじれるかもしれない。そうなると、むこうはへそをまげて、おかあさんに不利な遺言書をのこすことで、復讐《ふくしゅう》というと大げさだけど、うっぷん晴らしをするかもしれない。ここの家と土地の名義はおとうさんになっているんでしょ？」

「ええ」

「それをおかあさんに相続させないという遺言書をのこすこともできる」

（まさかそこまでするひとじゃない）と言いかえしかけたのは、まったくの反射神経というもので、玉子の理性は娘のことばにうなずいていた。やりかねなかった。なにしろ、息子の死後四ヵ月目にして、玉子がとめるのも聞かずに家をでてゆくようなひとなのだ。それがどれだけ妻をつらい目にあわせるか、わかっているはずなのに、おそらく自分の気持ちが何よりも大事な、そういうひとなのだ。

「里子さんも承知してくれる？　わたしが遺言書のことで、秋生さんにかけあってみることを」

「おまかせします」

里子は素直にうなずいた。

帰宅した春子にひとしきり猫なで声をあびせ、その夜遅く、葉絵はタクシーを呼び、着がえるのが面倒だからと、ジャージ姿のまま夫と暮らす自宅マンションへ帰っていった。ここにくるときに着ていたツイードのジャケットや革のパンツは紙袋に入れて持ち帰った。

雨あがりのせいか、やけに月が明るい夜だった。

葉絵からも、秋生からも連絡はないままに日々はすぎた。

遺言書という、やっかいな案件だけに、葉絵と秋生と夫のあいだで意見や思惑の違いが次々とでてきて、収拾がつかない状態におちいっているのかもしれない。

気になりつつも玉子のほうから電話をするのはひかえた。内容が内容だけに、せっつくような、さもしい行動はとりたくなかった。

パートタイマーとして、新しい職場に移ったのも、この場合、ちょうどよかった。

地下鉄で三つ先の駅にあるスーパーマーケットの惣菜《そうざい》づくりの助手というのがそれである。

午前八時から十二時半までの勤務で、帰りはそこで夕食の買いものができるのも便利だった。

新しい仕事の段取りや手順をおぼえるのに忙しくて、余計なことを考えているひまはない。

また四時間半の勤務は、ほとんどが立ち作業なため、帰宅して昼食をすますと、満腹感と疲れで、とりあえず昼寝をしてしまう。

午後に目がさめると、洗濯や掃除などのその日の家事にとりかかり、そうこうするうちに夕食の仕度の時間になっている。

一日がまたたくまにすぎてゆく忙しさは、ときには救いになることを、玉子はこれまでにも何回となく経験ずみだった。

遺言の件はどうなっているのかな、と気にかけるのが二日に一回だったのが、四日に一回になり、そのうち週に一回になり、やがて、ほとんど思い出さなくなった。

里子がその話題を持ちだすこともなく、相変わらず葉絵からの連絡もない。

十月が終わり、十一月も中旬をすぎたころ、六九朗の名前で宅配便がとどいた。

中味は、公正証書の遺言だった。

そこには玉子が望むとおりの内容が示されていた。

「六九朗の死後は、家と土地、そして銀行の預貯金はすべて玉子が相続する」といったものである。預貯金の金額が明示されていないのは、六九朗の死亡時に残金はいかほどになっているのか、現段階ではわからないからだろう。玉子がいくらか気になっていた夫からの贈与金三千万円についてはまったくふれられていなかった。

その日のうちに、さっそく里子に遺言書を見せた。

「よかったですねえ、おかあさん。これで、もしおとうさんに万が一のことがあっても、この家に住みつづけることはできるってことですよね」

「追いだされる心配だけはなくなったわね」

「葉絵さんが秋生さんに直談判して、秋生さんからおとうさんを説得してもらったってことでしょうか」

「そこがちょっと気がかりでもあるのだけど」

里子との夕食をすませた夜八時すぎ、玉子は秋生のスマートフォンに電話した。

「はい、塔村です」

「秋生さん？　玉子です」

「あ、はい」

「先ほど遺言書がとどきました。どうもありがとう、秋生さん。あなたが六九朗さんにすすめて書かせてくれたの？」

「何も玉子さんがぼくに礼を言う必要はありません。そうであって当然な内容の遺言書だと思いますよ」

いつもどおりの淡々とした秋生の口調だった。

「でもメモ書き程度のものでなくて、わざわざ公証役場にでむいたものを作成してくれるなんて、お礼の言いようもありません」

「いや、じつは、ぼくもメモ書き程度の書類でもいいのじゃないかと軽く考えていたのですが」

と秋生は自嘲まじりに言った。

「なんせ葉絵ちゃんから、きついお叱りをちょうだいしまして、それで公証役場までいってきました、六九兄さんと」

「彼はなんて言ってた?」

「なんにも。なんにも言わずに、そうか、とうなずいただけです。この前も説明しましたけど、この春の大病の後遺症なのか、六九兄さんはもう以前の兄さんじゃなくなって、半分、子供にもどったような素直さというか……それで、どうでしょう、一度だけでも六九兄さんに会ってもらえませんか。ええ、ご想像のとおり、これは取り引きです。玉子さんに会えるかもしれないからと、いわばだますようにして六九兄さんに承知させたところもあって」

「……そのご返事は、あさってまで待ってもらえないかしら」

「わかりました。あさってのいまごろ、ぼくのほうから電話します」

次に葉絵のスマートフォンに連絡した。

葉絵は自宅にいた。

玉子が送られてきた遺言書についてのひととおりの説明をしたあとの葉絵の反応は、里子のように無邪気なものではなかった。

「ふうん」

と、くぐもった声は、不服のあるニュアンスである。

「わたしの記憶では、おとうさん、もっと持ってたはずなんだけどな。ゴルフ場の会員権、四、五十坪の土地、それと、中央区にあるマンションの部屋二世帯ぶんの不動産」

「マンション？」

「はじめからひとに貸すつもりで買った、そういう資産運用用のマンションよ。けど、遺言書ではひとことも言及されていないのよね。とすると考えられるのは、おとうさんがまだ元気なうちに、すべて売り払って現金化したのかもしれない。お金は銀行に預けずに、手もとに置いておいて、何かあるごとに使っているとか。秋生さんにあげるおこづかいとかね」

「………」

「あれほど可愛《かわい》がっていて、しかも別居後の移転先は、秋生さんの家の離れよ。何かしてやりたくてたまらなかったとしてもふしぎはないでしょうよ」

「はあちゃん、本当なの？　いま言った賃貸用のマンションとかゴルフ会員権とかって」

玉子にはどれもこれも初耳だった。夫からちらりとも聞かされてはいなかった。

「うん、見まちがいではないと思う……お兄ちゃんが亡くなる少し前、実家に何日か泊まっていたときに、おとうさんの書斎のドアに鍵がかかっていなかったことがあったわけ」

そう、夫は自分の書斎のドアに鍵をかけ、家族の出入りを禁じていた。

「好奇心にかられて書斎に入ってみたのよ。机のひきだしにも鍵がかかっていなかった。それでつい誘惑に負けて、なかを見てしまったのよね。そのときにはあったの、不動産関連の書類がひとまとめになっていたものが。おかあさんは知っているものと思ってた」

「………」

「だって、ふつう、夫婦のあいだで、そういうことは秘密にはしておかないじゃない。秘密にしておけないというか。うちだってそうよ」

「…………」

「きっとおとうさん、すべてきれいに処理して、家をでていったのね。まったく、あのひとらしい抜け目のなさ。うちのアホぼんとは、そこが大違いよ。こうなってみると、どっちがいいのか、わからないけど」

たっぷりと皮肉をこめた娘の口ぶりだった。

玉子は、半分は呆然《ぼうぜん》とし、もう半分は気丈さを装って葉絵に言った。いや、ショックが大きすぎて、どう反応したらいいのか、そのスイッチが作動しなかった。

「それで秋生さんが言うには、こちらの望みどおりの遺言書を書いたのだから、せめて一度だけでもおとうさんに会ってやってくれって。この家にもどりたいという例の話は、とりあえずわきに置いといて、会うだけ会ってもらえないかって」

「わたしたち全員と？」

「さあ、そこは確認しなかったけど」

「おかあさんがあのひとと会うのなら、春子ちゃんはともかく、わたしや里子さんは同席したほうがいいわね。何かあった場合の証人としても。うちのアホぼんにも一応声をかけてみる」

葉絵の都合をきき、里子の予定とも調整し、玉子たちが提示した日にちは、十一月の最後の日曜日の午後三時である。

さっそく秋生に連絡すると、ふたつ返事でOKだった。

電話をきる間際、秋生は、いかにもすまなそうな口調でつけたした。

「玉子さん、いろいろといやな思いをさせて申しわけなく思っています。ごめんなさい」

こういう秋生だから、どうしても玉子は憎めなかった。自分たちの結婚のはじめから、その存在は玉子たち夫婦の影となってまとわりついていた彼だったものの、しかし、秋生に罪はなかった。夫の六九朗が秋生をかわいがりすぎたことも、玉子や葉絵のおもしろくない気分は別として、ある意味、どうしようもない感情のレベルで、だれに非があるのでもない。

いまは冷静な気持ちでこの現実を受けとめているとはいえ、六九朗が秋生の家の離れに移っていった直後は、里子と春子、そして葉絵以外の人間は、だれひとりとして許せなかった。すべてが敵だった。理屈では説明のつかない怒りが、玉子の全身をかけめぐっていた。

当日の日曜日、玉子はいつもどおりにパートの仕事にでかけ、午後十二時半まで働き、その三十分後には帰宅していた。

六九朗が秋生とともにやってくるのは午後三時である。

ここ十日ほど、玉子は毎日少しずつ家の掃除をつづけていた。家中の窓ガラスをみがき、フローリングの床にはワックスがけをし、天井や壁の照明器具のほこりをとりのぞき、といった年末の大掃除と変わらない念入りさだった。実際、あとひと月もすれば、その時期になる。掃除だけでなく、キッチンまわりのふきんもすべて新しいのにかえた。トイレや洗面所に置かれるタオルも一枚残らず新品にした。

帰宅する夫の目を意識してのことである。

夫が不在であっても、家のなかをきちんと清潔に保ち、いつ、だれに見られても恥かしくない状態にととのえてあることが、それを夫に示すことが、玉子には重要だった。ささやかな意地と見栄である。

夫と別居したとたんにゴミ屋敷化した、などとは、想像しただけでも自分が許せない。

奥の和室に設置されてある和佐の仏壇まわりも、彩りゆたかな花々でうめつくした。日ごろから生花はきらさないようにしているけれど、やはり、夫の目を意識して、ふだんの倍の量の花々で飾った。

玉子のそうした気負いは里子にも「あ・うん」の呼吸で伝わっているらしく、前々日、前日、そして当日と、里子も切り花を買ってきては、仏壇まわりにそえた。

「五年もたてば、亡くなったひとのことは、やっぱり二の次になっている、なんて、おとうさんに思われたくありませんものね」

当日の午後二時すぎ、申しあわせてもいないのに、玉子と里子は、口紅を塗る程度の薄化粧と着がえをして、居間にあらわれた。

たがいを見て（おッ）と思ったのは、どちらも新調のジャージー・ニットのブラウスだったからである。

しかも地下鉄駅そばの商店街にある「ブティックK」で買ったブラウスなのも、たがいに瞬時に見抜いた。渋い色調をベースに、同色系のフリルを多用するデザインは、「ブティックK」のオーナー兼デザイナー兼バイヤーのマダムKの得意とするところだからだ。

「おかあさん、それ、ブティックKで買われたんですよね」

「里子さんのもそうよね。マダムKおすすめの五着のなかの一枚が、里子さんの着ているそれだったもの」

「あら、わたしがすすめられたなかにも、いまおかあさんがお召しになっているのがまじってました」

「わたしのは定価より二十パーセント引きにしてくれたわ」

「ん、まあ、ひどい。わたしのはたった十五パーセント引きですよ」

「へんねえ。わたしたちが一緒に暮らしている義理の親子だってこと、マダムKは知ってるはずなのに」

「最近、あの方、少しおかしくありません？　物忘れがひどいというか。きのう頼んでおいたこと、一日たったらもう忘れているみたいな」

「おとしなのかしらねえ。おしゃれで若づくりだから、一見したところ五十代にしか見えないけど、ほんとは八十をすぎているんですってね。認知症がかってきても仕方のない年齢なのよ」

「おかあさん、知ってます？　お店でちょくちょく見かける若い男性スタッフ、息子さんだと思われてますけど、あのひと、マダムKのヒモ亭主なんですって」

「あら、そう、道理で。でも、ヒモ亭主にしてはこまめによく働いているじゃない。わたしたち客にも愛想がいいし」

「いいえ、マダムKの後釜《あとがま》を、そうやって物色してるって、もっぱらの噂です。わたしやおかあさんにその心配はありませんけどね。お金持ち女性ねらいですから」

「世の中にはいろんなひとがいるのねえ」

「マダムKとは一年ぐらい前に入籍をすませたとか。だからマダムKが亡くなれば、あのお店はヒモ亭主のもの」

「里子さん、ずいぶんとくわしいのね」

「いえ、あのお店の近くにある和菓子屋さんのチトセちゃんという娘さんが春子ちゃんと中学、高校と同級で、そのご縁で親同士もしぜんと親しくなって。といっても高校に進んだこの春からですけれど。きょうも春子ちゃん、チトセちゃんの家で勉強してくるとか言ってきたので、わたし、とめませんでした」

「そう」

「まずかったでしょうか。やはり、あの子もおとうさんに会わせるべきでしたか？」

「どういう話の展開になるかわからないけれど、高校一年生の孫に聞かせたいようななりゆきにはならないでしょうね、きっと。だから、いいのよ、里子さんの判断で」

約束の時刻の三十分前に葉絵がやってきた。予告していたとおりに、夫の五丈信悟をともなっていた。

いつもは派手ないでたちのふたりなのに、その日はそろって弔問《ちようもん》テイストの黒ずくめで、そのまま葬儀に参列しても、まるで違和感はない。

ただ葉絵の黒のタイトなワンピースにしろ、信悟のスーツ上下にしろ、一目で上質な仕立てとわかる。

信悟は、玉子の記憶にあるカラーリングした短髪ではなく、素《す》のままのしらがまじりの短髪で、しかし、それがかえって粋《いき》で、おしゃれだった。これまで会ったなかで、いちばんの好印象を与えた。シックな黒のスーツも、イタリアンカラーとかなんとかのけばけばしい色調よりも、はるかに信悟に似合っている。黒のプラスチックフレームのだて眼鏡《めがね》だけは信悟のおちゃめさを残していたが、彼のねらいに反してそれは信悟を実際よりもぐんと知的に見せてもいた。

そのことを葉絵に小声で伝えると、葉絵はうれしそうに顔をほころばせた。

「どういう服装にするか、ほんと、悩んだのよ。ほっとけば、うちのアホぼんのことだから、どんな場違いな恰好をしてくるか。わかるでしょ、おかあさん。うちのと、おとうさんが会うのは、これがはじめてだから、マイナスのイメージだけは避けたくて、それで無難な冠婚葬祭用の礼服に近いのにしたわけ」

葉絵が信悟と再婚したのは、夫の六九朗が秋生の家の離れに移ってからのことだった。

だが、玉子には内緒で、信悟を六九朗に引きあわせていたとしても不思議ではなかったし、そうされても玉子はまったくかまわないのに、そういうことはなかったようだ。

この前、葉絵が言っていた「あのひとは、わたしみたいな女、きらいなのよ。娘に持ったのを、恥じてる」という衝撃発言が、またもや思いかえされてきた。そんなふうに思われてまで相手の機嫌をうかがい、すりよってゆく葉絵ではなかった。

約束の時刻の少し前、秋生から玉子の携帯電話にメールがとどいた。「そちらにむかっている途中です」

やがて三時きっかりに玄関チャイムが鳴らされた。

事前に申しあわせていたように、玄関先に出迎えるのは里子、残る三人は、和佐の仏壇のある奥の和室で待つ。

玄関口のくぐもった短いやりとりが聞こえてほどなく、出迎えにでた里子が足音をしのばせた小走りでもどってきた。

「担当のお医者さんもご一緒です」

医師が同伴とは、六九朗の術後の経過に何か問題があるのか、ととっさに玉子は悪い想像を働かす。それについては秋生からの説明は受けていない。

秋生、六九朗、医師の順で和室にあらわれた。女医なのは意外だった。年のころは里子と同年代か、二つ三つ下だろうか。

それよりも玉子を驚かせたのは、六九朗の痩《や》せ方のすさまじさだった。骸骨に皮、という表現が少しも大げさではなかった。かつての体形の半分の細さにちぢんでいた。あまりに痩せすぎて、顔立ちさえ変わってしまい、六十六歳の実年齢を知らなければ八十代か九十代に思われるに違いない。

ふいに玉子の涙があふれでた。

かわいそうに、とか、哀れ、とかという感情はいっさいまじらない奇妙な涙だった。痩せ方の異常さにただただショックを受け、涙腺のスイッチが誤って押されたとしか言いようがない。

痩せすぎた体に十一月の寒気はことのほかこたえるのか、六九朗はムートンの茶色いハーフコートを着こんでいた。表は柔らかななめし革で、裏は起毛の、防寒には何よりなコートである。サイズは大きすぎず、窮屈すぎずで、見るからに着心地がよさそうだった。しかも真新しい。

この日のために秋生がすすめて買わせたのだろうか。少なくても玉子が知っている六九朗のセンスではなかった。

そのコートの上からも、六九朗の尋常《じんじょう》ではない痩せ方は見てとれた。他のふたりは玄関先でコートをぬいでいたけれど、六九朗が着衣したままなのは、おそらく寒くて仕方がないからに違いない。

三人が交互に仏壇に焼香し手をあわせおえるころあいを見はからって、里子と葉絵が人数ぶんの茶菓を運んできた。

そのとき、座卓をはさんで六九朗が玉子の顔をのぞきこむようにして声をかけた。

その声も脂気《あぶらけ》が抜けきったようなかすれたもので、玉子の記憶にある夫の声ではなかった。声帯までもが痩せ細り、うるおいを失っている。

「……元気だったのかな?」

「ええ、まあ。どうにか」

骨と皮の夫の顔を正視できず、目をそらしたまま玉子は応えた。

「おれがあんまり痩せたのでびっくりしたんだろう」

「これでもかなり回復したのですよ」

と口をはさんだのは女医だった。

ぼんやりと彼女を見返す玉子にむけて、女医はわきに置いたワニ皮のおおぶりなバッグから、名刺入れを取りだした。

「失礼しました。わたくし、こういうものです」

ふりがな付きの名前だけが印刷された名刺だった。

「雪江《せっこう》真冬《まふゆ》」

さらに女医はせがまれてもいないのに、里子と葉絵夫婦にも一枚ずつ名刺を手わたした。

「まあ、女優さんのようなお名前……宝塚調の……」

と、その場に似つかわしくない、ややはしゃいだ声をあげたのは里子である。

が、すぐに自分の失態に気づき、肩をすくめ、うなだれた。「すいません……」

「珍しくて、しかも、すてきなお名前ですね」

と、すばやく愛想よく座を仕切ったのは葉絵の夫の信悟である。アホぼんだけど営業マンとしてはかなり優秀という葉絵の評だけあって、なるほど、その口調も物腰も礼儀正しくていねいな感じのよいものだった。

「で、病院はどちらですか。それともご自身で開業されているとか」

「亡くなった父は開業していましたけれど、わたくしは父のあとはつがずに、ずっと勤務医できています。いまはS総合病院の内科におります」

「S総合病院といえば、院長は確かヨコギ先生で理事長はオオノ先生、内科部長はハラノ先生」

「よくご存知ですこと」

「いえいえ、薬品小売り業界の末席におりますだけで」

「信悟くんは五丈ドラッグストアの四代目なんですよ」

と横あいから秋生が言いそえる。きょうの彼はタートルネックの黒のセーターに、チャコールグレーのジャケットという、彼の定番の組みあわせだった。暖かな季節になるにつれて、セーターが薄手のトレーナーになったりTシャツにかわったりする。ジャケットはつねに黒っぽいのを好む。

「あら、まあ、五丈ドラッグストアの……それは、それは」

それをきっかけに信悟と女医のあいだで医療界がらみの雑談がしばらくかわされた。秋生も、気のせいか、ほっとした表情でそこに加わる。里子もひとことふたこと口をはさむ。葉絵はそのやりとりには入らず、皮肉っぽいまなざしでつっこみどころをねらっている様子だった。雑談は二十分ほどつづいた。

しかし玉子は、話がまっすぐ核心にむかわず、だらだらと世間話をまじえ、横道にそれがちなのが、むしろ、ありがたかった。同席者が多いのも助かる。

夫の六九朗とふたりきりで、きょうの用件を正面きって話しあわなくてはならないとしたら、どんなにつらく、耐えがたかったろうか。

それも胃癌の手術をして、亡霊のごとく病み衰え、同居を望む夫にむかって、

「いまさら同居はむりです。できません」

と場合によっては正面切って言わなくてはならないのだ。

おそらく言ったあとで必ず口中いっぱいにあふれるに違いない後味の悪さを、すでに玉子は味わっていた。

とはいえ、本心とは裏はらな夫を喜ばす返答をしてこの場をやりすごしたなら、のちのちどれだけ後悔するか、それも十分に予測できた。

「ええと、それではそろそろ本題に入りたいと思いますが、よろしいでしょうか」

秋生が一同をうながした。よく通る、落ちついた声音《こわね》だった。

それぞれが黙ってうなずきかえす。

が、秋生が口火を切るよりひと呼吸早く、六九朗が座卓に身をのりだすようにして玉子に問いかけた。

「玉子、きちんとやってこれたのか。ずっとおれにまかせきりだった家計の管理が、はたして、きみにできるのか、ずっと気になって仕方がなかった」

その場にいる全員に困惑の表情が浮かんだ。

さらに次のことばが、皆の心を凍りつかせた。

「和佐の夜泣きもひどいから、きみはくたくたになっているんじゃないかと」

それに対し秋生がごくあたりまえの顔つきと口ぶりで六九朗に言い聞かす。

「だいじょうぶだよ、六九兄さん。それはもう大昔のことだからね」

「……しかし、和佐がいないな……」

六九朗の混乱は葉絵にもむけられた。

「はて、はて、こちらはどちらさまですか。ずいぶんとおきれいなお嬢さんのようだが、こんなおきれいな方が、うちの親戚にいたろうか……いや、おぼえてないなあ……」

当の葉絵は目をいっぱいに見開き、口も同じようにポカンと開き、数秒間、体を硬直させたままだった。その頬がみるみるうちに紅潮してゆく。

やがて、しぼりだすようにして言った。

「……おとうさん……」

言うと同時に両の目から大粒の涙がこぼれおちた。

秋生が、それ以上は何も言うな、と葉絵を目で制し、首を小さく横にふる。

「……秋生……」

「はい」

「玉子にきいてくれ。おれはなんだか疲れてしまって、うまく口がまわらない……あのな、玉子にな、いつごろこのうちにもどればいいのかって。大掃除に何ヵ月もかかるなんて、少しやりすぎじゃないのかと」

「六九兄さん、ちょっとこちらにきて横になりましょう」

信悟もすばやく動いて、一同がしいていた来客用の座布団を集めて並べ、そこに六九朗の体を横たえた。ムートンのコートは着たままである。

里子が押入れから、やはり来客用のぶあつい毛布を運びだし、秋生にわたす。

「六九兄さん、ぼくはそばにいますからね。安心して、ちょっと目をつむってください。眠れば元気になります」

皆が息をひそめるようにして見守るなか、六九朗は目を閉じ、ほどなく浅い寝息を立てはじめた。

玉子はさっきから全身のふるえがとまらなかった。

「秋生さん、一体、どういうことなの」

「すいません。でも心配はありませんので」

「まさか認知症を発症しているとか」

「違います。認知症ではありません」

そう断固として言いきったのは女医の雪江真冬だった。

「ときどき発作としか言いようのないこの手の混乱、わたくしどもでは譫妄《せんもう》と言いますが、これが見られるようになって三ヵ月になります。が、あらゆる脳の検査をしても異常はありません。加齢や心労による一時的な現象でしょう。人間の脳や体というものは、まだまだ謎だらけで、わからないことがいっぱいあります」

「心労と言いますと」

「胃癌を宣告されたこと、そして、その手術と体力の急激な低下など、ご本人としては受け入れられない現実なのでしょうね。で、体力と気力の弱りと同時に、家族のもとに帰りたい気持ちが日ごとにふくらんでいって、ほとんどそのことばかり思いつめてゆく。その結果が、たったいまごらんになったような譫妄状態です。いつもこんな調子で、すぐにおさまるのですが、過去と現在の時間がごっちゃになるようです」

「あのう、時間の混乱だけではなくて」

と口をはさんだのは葉絵である。

「父は、娘のわたしを認識できなかったみたいですけれど」

「あ、それはですね、認識できるできないの問題ではなく、六九朗さんが娘さんに長年持ちつづけていたイメージと、久しぶりにじかに見るきょうの娘さんの外見があまりにズレていたということでしょうね」

「はあ?」

「わたくしもいささか驚きましたもの。六九朗さんから聞いていた娘の葉絵さんのイメージは、もう最悪でしたのに、こうして目の前にいる方は、おきれいで、ゴージャスで、非の打ちどころがない。ずっと抱いていたイメージが狂ってしまい、六九朗さんとしては本心からだれなのかわからなくなってしまったのでしょう」

「わたしのイメージって、どういうイメージを父は語ってました？」

「いえ、それは聞かないほうがよろしいと思いますよ」

と答えた雪江真冬の表情がよくなかった。本人にその自覚はなかったのかもしれないけれど、口のはしに冷笑が浮かんだのだ。

（ああ、まずい……）と玉子のこめかみがふいに汗ばんだ。

葉絵の脳の毛細血管のどこかが、ぷちんと切れたその音を聞いたような気がした。

玉子だけでなく、里子と信悟、そして秋生までもが、ハッとしたように葉絵を見た。

何か言いかけようとした。が、遅かった。

「ちょっと、雪江真冬さんッ」

と、なぜかフルネームで呼びかけたその口調は怒気をおび、まるごと喧嘩腰だった。表情も一変していた。目尻がつりあがっているのは、もはやコントロールのきかない興奮状態におちいっていることを物語っていた。

「あなた、さっきからずいぶんと失礼な物言いですよね。父の担当医としてお世話になっていることには感謝しますが、少しでしゃばりすぎじゃないですか。父があなたに語っていた娘のわたしのイメージとやらにしても、妙にふくむところのある言い方をして、はっきり言って、それってものすごく不愉快ですッ」

「よしなさい、葉絵」信悟が小声で妻をたしなめる。妻の言いなりになっているだけの男ではないようだ。が、もちろん葉絵が耳をかすはずもない。

「うちの父のことを妙になれなれしく、苗字《みょうじ》ではなく下の名前で呼ぶのにも、わたしとしては違和感がありますッ。患者を下の名前で呼ぶのがそちらの流儀なんでしょうかッ」

雪江真冬は、しかし、そのぐらいの異議申し立てというか、文句というか、苦情には、びくともしなかった。

むしろ、あらためて背すじをのばし、まっすぐ葉絵を見かえした。

「わたくしには、でしゃばる権利がありますッ」

「はあ？」

「関野寺六九朗氏を、六九朗さんとお呼びしても当然な立場にもあります」

「なんですか、それって」

秋生がいそいで調整役として会話に割りこもうとした。

「雪江センセイ、その件は後日あらためて。そのお約束のうえで、こうしてこの場にご一緒したはずですよ」

「いいえ」

と雪江真冬は葉絵をにらみつけたまま、声だけを秋生にかえす。

「そのお約束は、ただちに、ここで反故《ほご》にいたします」

「とにかくセンセイ、ここは、どうか、ひとつ……」

秋生の制止の途中で、雪江真冬は凜《りん》として言い放った。

「わたくしは六九朗さんの六年ごしの恋人ですッ。彼がこの家をでたのも、わたくしと暮らすためです。奥さまのために公正証書遺言を残すようにすすめたのも、このわたくしですッ」

まいったなあ、と頭をかいている秋生をのぞく四人は驚愕《きょうがく》のあまり声を失っていた。

そして、もうひとりの当事者である六九朗は、部屋のすみでムートンコートを着たまま、毛布にくるまれ、いたってやすらかな寝息を立てて目ざめる気配もない。ようやく自宅に帰ることができ、玉子や里子にも会えて胸のつかえがおりた、というような寝顔だった。

心臓を矢で射ち抜かれるに似た鋭く短い最初のショックが去ってみると、玉子は意外にも冷静な自分に気づいた。

六九朗が家をでたいと言い出したときから、想像しなかったわけではないのだ。和佐を突然の事故死で亡くした哀しみとつらさから立ち直るための別居、と六九朗はそれだけを言い張り、他の女性の存在はけっして匂わさなかったものの、妻の直感としか言いようのない勘が、しきりとうごめいていた。だから問いつめなかった。問いつめた先にあらわれる事実を直視できる気力が、そのころの玉子にはなく、また和佐を失った打撃と喪失感にくらべれば、夫の女性問題など、はっきり言って二の次、三の次だった。

夫の六年来の恋人だという雪江真冬を目の前にして、玉子は怒りも嫉妬もなく、好奇心に近い気持ちで、ただまじまじと眺めた。

ふと胸にわいた素朴な疑問が口をついてでた。

「真冬さんはおいくつですか？」

「わたくしは四十六です。六九朗さんとはちょうど二十違いになります」

四十六にしては、四十歳の里子より、若く見えた。いや、若いのではなく稚《おさな》い。

しかし、きれい、とか、かわいい、といった表現をあてはめるのは無理な、地味で、あか抜けないタイプだった。

タイプ別に分ければ、どうがんばっても葉絵のほうのカテゴリーではない。かといって里子のそれに入れるとすれば、里子が気の毒になる。

あか抜けないと思わす理由の第一は、着ている濃いピンクのスーツの上下にあった。その色あいは、真冬の浅黒い肌に少しもなじまず、スタンドカラーの襟元は、短く太い首を、さらにずんぐりと見せている。

髪の手入れも得意ではないらしく、カラーリングしていない中途半端にのびた黒い髪を、大きな白いプラスチックの髪どめで、うしろでひとつに束ね、しかし、その束ね方が見るからにぞんざいで雑だった。ブラシをきちんとあてているのか、と疑うほどにあちこちが乱れている。

ばかでかい白のプラスチックの花形のイアリングは、真冬の野暮ったさを際立たせているだけで、しないほうがましだった。

玉子がぼんやりと真冬のいでたちに気をとられているそばから、葉絵が喧嘩腰の口調で詰問《きつもん》した。

「うちの父の不倫相手のあなたが、なんでこの席にいるのですかッ。図々しいにもほどがあるッ」

「きちんと見届けたかったからです。だから秋生さんに頼んで同行させてもらいました」

秋生がだれのほうも見ずに畳にむかって弱々しく弁解する。

「だから、ぼくとしてはこういう事態を予測してセンセイをおつれしたくなかったんだ。何を言いだすかわからないひとでもあるし。あ、いや、ドクターとしては優秀なんですよ、とっても。ただプライベートでは怖いもの知らずと言いますか……」

またもや里子が口をすべらした。

「あら、じゃあ、葉絵さんと似てますね」

「やめてよッ、里子さん」と葉絵に抗議され、里子は肩をすくめる。「すいません」

「奥さまやご家族には申しわけないことをしたと思っております」

と、真冬はちっともすまなそうではない挑発の口調と顔つきで、とりあえず、そう言って、軽く一礼してみせた。

「でもわたくしなりに覚悟を決めて、六九朗さんとの生活をはじめました」

「あのう、少し補足しますと、六九兄さんはぼくのうちの離れと、センセイの自宅マンションを、いったりきたりしていたというのが実状です。このへんのところ正確にお伝えしておきます」

秋生の正直さのどこにむかついたのか、一瞬、下唇をかむほどににらみつけてから、真冬は話をつづけた。

「とにかく、二十の年の差がありますから、いずれ介護するのも視野に入れての同居でした。それでもよかったのです、わたくしは。奥さまとは離婚しないというのも、おたがいの合意の上でした。年金の受けとりとか財産の相続の件で面倒なことになりますし、何よりも六九朗さんが、わたくしの存在を奥さまにかくしておきたがった。息子さんを亡くされたうえに、これ以上のショックは与えたくないという、彼なりの思いやりでした」

「そう、身勝手な思いやり。要するに女がらみで別居したと家族に知られたくない父の浅はかで愚かなプライドよ」

と、葉絵が切りすてる。

それに対しても真冬は聞き流すことはせずに過敏に反応し、葉絵をにらみつけた。

そんな真冬の様子を見ながら、扱いにくい疲れる性分の女性だ、と玉子は胸のうちでため息をつく。葉絵の比ではない。

同時に、こういった性格の女性が夫のこのみだったのかという新鮮な驚きと、本当にこのみなのかという疑問が交互にわいてくる。

従順とはほど遠い。すぐに嚙《か》みつく嚙みぐせのある犬のように、物事のいちいちにつっかかり、しかも、そのたびにそれを口や態度にださずにはいられないタイプである。

「わたくしの望みはひとつ、六九朗さんだけです。あとは何もいりません。その気持ちは彼もわかってくれていたはずなのに、この春、胃癌の手術後しばらくしてから、ひとが変わったように弱気になり、家族を恋しがってばかり。一時的なものだとは思いますが、わたくしもほとほと疲れはてました。わたくしや秋生さんがいくらとめても聞き入れません。六九朗さんが自分でじかに玉子さんに会いにいくと言いだしたときは、わたくし、ほんとに泣きました。彼につくしてきたこの五年間はなんだったのかと」

実際、真冬はふるえる涙声になっていた。

こういう事態になってもなお六九朗を愛しつづけているようだ。心の奥には、いじらしさを残す四十六歳らしかった。

またもや葉絵が嚙みついた。

「彼につくしてきた五年間はなんだったのか、ですって？　じゃあね、うちの母はどうなるんですッ？　四十年間つくしっぱなしですよッ。そのうちの五年間は、どこかのどろぼう猫に夫をとられて。それも息子を亡くして半年とたたないうちに。まったくひどい話ッ」

「だから申しわけないことをしたと」

「あなたが言っても、少しも申しわけなさそうには聞こえませんねッ。他人の亭主を横取りして、さぞご満足だったでしょうよ。同世代の男たちに相手にされなくても、六十のジイさんなら、どうにか、あなたでも口説きおとせたのだから。けどね、譫妄だかなんだか知りませんが、父がよぼよぼになったから、はい、奥さんにお返ししますっていうのは、ちょっとひどくない？　わたしたち家族は、兄の突然の死と父の別居のダブルパンチで、どれだけ傷ついたか。特に母は半病人でした。それを救ってくれたのが、兄嫁の里子さん……」

葉絵は声をつまらせた。

日ごろの葉絵からは考えられない殊勝なことばと謙虚さに、残る四人ははじかれたように葉絵を見かえした。

数秒後、里子が涙がにじんだ目頭を指の先で押さえた。

これだから葉絵は憎みきれない、と玉子はなぜか口もとがゆるみそうになり、あわててうつむいて顔をかくす。

ふだんはケチなくせに、先日は鮨の出前を玉子と里子におごってくれて点を稼いだ葉絵だったけれど、そのへんのつぼの押さえ方が、計算しているのかいないのか、妙に上手なのだ。

が、その場のしめった雰囲気は雪江真冬の怒気をはらんだ強い声で、一挙に吹きはらわれた。

「ずいぶんと失礼なひとですね、葉絵さんは。六九朗さんは、英語で言うところのビッチ、性悪女だと言ってましたけど、そんなもんじゃない。このクソ野郎がッ。

訂正させていただきます。六九朗さんを横取りしたのじゃありません。わたくしたちは恋におちたのです。愛しあったのです。

同世代の男たちに相手にされない？　とんでもありません。同世代の男たちに興味がないだけです。わたくし、父にものすごくかわいがられて育ったせいか、重度のファザコンで、うんと年上の男性にしか目がゆきません。父が四十五歳のときの子供なんです。父はとっくに亡くなりましたが。さらにつけ加えますと、六九朗さんがはじめての男性ではありません。その前に三回、運命的な出会いがありました。三人とも十五歳以上も年上の方ばかり。

最後にもっとも重大な訂正をいたします。

わたくしは六九朗さんをご家族のもとにお返しするつもりはありません。一生添いとげるつもりで、同居を決断したのです。六九朗さんにしても同じ思いのはず。先ほど言いましたように、籍を抜くだの離婚するだのといったことはまったく考えていません。きょうここに六九朗さんをおつれしたのも、ご家族の姿を見て、それで彼の気持ちが少しでも落ちつけばと思えばこそ、こんな損な役まわりに耐えているだけのことなんです。

　余計なことですが、今回のことでわたくしの彼への愛情がいっそう深まりました。こういう状態になる前のわたくしたちの関係は、つねに六九朗さんが優位に立って、適切にすべてを仕切って、わたくしはただ彼についてゆけばいいだけでした。そのぐらい彼は頭脳的にシャープで、ブレがなく、ミスのないパーフェクトな男性……なのに手術後の彼は、まるで子供にもどったような手のかかるひとになってしまった。でも、そういう手のかかる六九朗さんもまたわたくしは好きなんだと知りました」

　いたってストレートで、あけすけな雪江真冬のモノローグだった。少し頭がおかしいのではないかと、ひとによってはそう思われても仕方がないくらいに自分を飾っていない。

　不覚にも玉子は感動してしまっていた。

　六九朗が、二十年下の女性相手でも、自分の精神スタイルをつらぬいていたと知った喜びと安堵感《あんどかん》も大きかった。少なくとも玉子を失望させずにいてくれた。

　里子や葉絵に語りかけるのと変わらない調子で玉子は言っていた。

「わたしはね、真冬さん、夫の子供みたいな一面を、まったく知らないんですよ、三十六年間暮らしてきて、いつも背すじがしゃんとのびている、冷静沈着でクールな夫しか見てこなかった」

そう、先ほどの譫妄、混乱状態の夫をまのあたりにするまでは。

「だから、真冬さん、あなたは幸せよ。関野寺六九朗というひとの表も裏も、すべて知りつくしている。知りつくしたうえで、なおも愛情は変わらないなんて」

「きょうはこのまま六九朗さんをつれて帰ります」

「……どうぞ、これからもお願いします。よろしくね」

玉子のそのことばにまわりはざわついた。

「いいの？　おかあさん、このままで」と葉絵はいらだちもあらわにつっかかり、里子までもが「おかあさん、ほんとによろしいんですか」とその声に不満をにじませた。

が、玉子は耳をかそうとはしなかった。

「わたしがいちばんつらかったときは、もう終わっています。息子を事故で失い、その直後には夫に見すてられた。あれ以上のつらさなんてもうないと思っています」

ほどなく秋生は眠っていた六九朗を起こし、真冬とともに左右から彼を抱きかかえるようにして玄関へむかった。

冬靴をはき、ムートンコートの上からさらにウールのマフラーを巻きつけた六九朗は、そこで見送りにでた一同をゆっくりと眺めまわし、ほほえんだ。

「ありがとう。会ってくれて、うれしいよ。玉子、きみも体だけは気をつけてくれ」

すっかり正気をとりもどし、だれもが知っている彼らしい礼儀正しい物言いだった。

またもや唐突に玉子は泣きそうになった。

かろうじて我慢する。

しかし、あるいは六九朗がひそかに期待しているであろうせりふは、どうしても口にできなかった。

「いつでも、好きなときにお寄りくださいな」

秋生が玄関ドアをあけると、いつのまにかそとは雪になっていた。


十一月末の再会のあと、六九朗と雪江真冬からの音さたはなかった。

かわりに秋生がときたま電話をかけてきて、六九朗の様子を教えてくれた。

玉子たちと会った翌日から、六九朗は信じられないような勢いで、食欲と気力を回復させているという。

「こんど玉子たちに会うときは、こんなに元気になったとびっくりさせてやりたいんだ」

と、そのときを目標にしているそうだ。しかし、はたしてその日がくるのかどうか、六九朗自身、胸のうちでは信じていないに違いない、とは秋生の見方である。

雪江真冬も張りきっているという。

玉子に「どうぞ、これからもお願いします」と言われたことを、正妻のおすみつきを得たと解釈し、「自分の医学力と愛情で六九朗さんを一年でも多く長生きさせる」という目標を立てたという。「意地でもそうせねば」と、なみなみでない意欲と闘志を燃やしていると、秋生は笑いをにじませて報告した。

「彼女、もともと悪いひとじゃないからね。そういえば、あのふたりの出会いのきっかけ、玉子さんに話したっけ」

「いえ」

「ブログなんだ。彼女、自分のブログで、雪江真冬という名前を嘆いたらしいんだ。書いてすぐにやばいと考えて削除したんだけど、書きこんでから削除するまでの数時間のあいだに、ほんとに偶然に六九兄さんがそれを読んでコメントを書いてきた。それがはじまりだったんだよ」

雪江真冬の開業医だった亡父は、四十五歳ではじめてさずかった娘を溺愛した。うまれたその日から夢中になった。嫁になどやって苦労はさせたくない。その場合は婿として雪江家の養子になってもらうと、ひとり決めした。

娘は一生、雪江の苗字で通すことになるのだから、その下につける名前とのバランスが大切になる。そこで考えに考えてつけたのが「真冬」だった。父親は、これ以上ぴったりの名はないと得意だったようだが、娘はこの名前のために子供のころから悪童たちにずっとからかわれ、ほとんどトラウマになっていた……という内容のブログだった。

六九朗が敏感に反応したのは、子供時分に同じ悩みをかかえていたからだった。

六九朗のきょうだいは全員が数字がらみの名前だった。すぐ上の姉の五三子、その上にすでに鬼籍に入っている兄ふたりがいて、上の兄が一二三《かずふみ》、下の兄は八十四《やそじ》、遠方に嫁いでいる妹は七七子《ななこ》。

命名したのはすべて六九朗たちの祖父母である。「これがわが家のしきたりだ、家風だ」と、六九朗の両親はじつの子の命名権を一方的に奪われていた。

それへの恨みを晴らすかのように、舅《しゅうと》と姑《しゅうとめ》は玉子がうんだふたりの子供の名前を、自分たちがつけると言い張ってきかなかった。特に姑は固執した。自分につけられた「トモ」というカタカナの名前を「古くさくて貧乏くさい」と嫌悪し、のちに「登茂」と表記法をかえたぐらいに名前へのこだわりの強いひとだった。

しかし玉子は、姑たちが名づけた「和佐」はともかく「葉絵」には、多少の抵抗があった。ハエ、すなわち、蠅《はえ》を連想しがちだからだ。

しかし、まだ二十代の従順な若い嫁だった玉子は、表立って異議をとなえることもできず、結局、姑たちに押しきられたのである。

年の暮れもせまったその夜、玉子はそんな話を里子に話して聞かせていた。

キッチンのテーブルのまな板の上には、中サイズの塩鮭が一本、丸のままのっていた。

昨年の暮れと同じく、秋生が「いただきもの」をまわしてくれたのだ。それはうそで、本当は秋生がわざわざ買ってきてくれたのはわかっていたけれど、ふたりは秋生の説明を信じるふりをした。

「だからね、わたし、葉絵にすまないと思ってるの。子供のころ、からかわれたんじゃないかって。あの子、強がりだから何も言わなかったけど」

「からかわれたって、言ってましたよ」

「やっぱり」

「でも葉絵さんはわかってたんですって。自分の名前が珍しくてユニークなのは、そのうち大人になったらトクをするって。ありふれた、そのへんにごろごろしているような名前じゃないって」

「あの子、そんなふうに言ってくれてたの？」

「里子って平凡な名前よりずっといいって。でも和佐さんは平凡なのが何よりだからって、娘に春子ってつけたんです」

そう言ってから里子は出刃包丁で塩鮭の頭を一気に切りおとした。迷いのないみごとな一刀だった。

玉子はつづけた。

「秋生さんからブログのことを聞かされて、あれこれ思い出すうちに、気がついたのよ。雪江真冬さんって、お姑さんに似てるの。性格というか、物の言い方というか。それで初対面のときに、抵抗感があまりなかったんだなって。六九朗さんも若いときは自分の母親がうとましくて、タイプの違うわたしみたいのと結婚したけれど、年齢とともに、母親がなつかしくなったのじゃないかしらね。ストレートで、鼻っぱしが強くて、わが道をゆくタイプで、少しばかり浮世ばなれしていて」

しかし里子はぜんぜん聞いていなかったらしい。出刃包丁を手に塩鮭を見おろして、まったく別のことをきいてきた。

「切り身の厚さはどのくらいにします？　厚くて食べでのあるのにするか、それとも葉っぱのように薄くて、春子ちゃんのお弁当に入れるのにちょうどいいぐらいにするか」

あと数日で今年も終わり、新しい年がはじまろうとしていた。

第三話　不　倫

季節は春を迎え、孫の春子は高校二年生になった。

同時に、六十六歳になる祖母の玉子や母の里子とすごす時間は、昨年とくらべると、驚くほど少なくなっていた。

反抗期というのでもなさそうだ。

きけば、素直に答える。

が、自分から積極的に話しかけてくることは、ほとんどない。

学校から帰ると二階の自室にこもりっきりで、顔を見せるのは食事のときぐらいである。

といって自室でゲームに興じたり、仲間とラインのやりとりに夢中になっているわけでもなかった。

ひたすら勉強している。

勉強がおもしろくてたまらない、とごくあたりまえのことのように言い放ち、それはそれで玉子と里子を、なんとなく不安がらせてもいた。勉強好きな高校生など、玉子と里子からすれば、想像もつかないのだ。自分たちの高校時代をふりかえってみればみるほど、春子が特異な高校生に思えてくる。

ただ、ほっとするのは、それなりに友だちがいることだった。

同じ高校の女子生徒四人と、とりわけ仲がよく、何をするにも一緒だ。

「チトセ、ぐみ、ともりん、ああち」

といった四人の呼び名が、ひんぱんに春子の話にでてくるものの、玉子は四人のフルネームは知らない。いや、多分、聞いたはずなのだが、きれいさっぱりと忘れてしまっている。最近は、そういうことが多い。多すぎて、それがふつうになってきてもいる。

いまの春子にとっては、この四人の仲間がいちばんの宝物で、男の子のことは関心外のようだ。その手の話はまったくしないし、玉子と里子が、水をむけてみても、はなから無視される。

「わたしなんか」

と里子は遠くを眺めるまなざしで、高校生のころを回顧する。

「いまになって思えば、いやになるぐらいに色気ざかりの女子高生でしたね。胸をどきどきさせる男子が次から次へとあらわれて。だから、その子たちを追っかけるのと、おしゃれに夢中な三年間。でもよく考えると、どれもこれも、たいした男子じゃないんです。ただ、こっちはサカリのついたような状態なものだから、どの子もみんなすてきに見えてしまう。ま、そういうお年ごろだったのでしょうね。ところが春子ちゃんはわたしとは正反対で、自分の娘とは信じられないくらい。特に、勉強好きの点なんかは」

「和佐は男の子だから、女の子の春子ちゃんとくらべるのは、ちょっとむりかもしれないけど」

と、玉子も三十五歳で急死した息子の高校時代をよみがえらせてみた。あれから今年で六年になる。

「その違いをふまえても、でも、やっぱり春子ちゃんタイプじゃなかったわね。勉強好きとは、お世辞にも言えないし、好きなアイドルの写真を自分の部屋に飾ったりする、ごくごくふつうの男の子」

「おかあさん自身はどうでした？」

「ぱっとしない高校生よ。地味で、平凡で、目立たなくて、どこといって取り柄《とりえ》もなく、成績にしても中の中。勉強は仕方なくやっているものだったし」

「できればサボりたいもの」

　とあいづちを打っている途中で、玉子はふいにひらめいた。

「そうそう」

「……ああ、葉絵だわ。春子ちゃんの勉強好きは、叔母《おば》のはあちゃんの血すじよ」

「まッ」

「いまでこそ、あの子はチャラチャラと派手なセレブ気取りをやっているけれど、薬剤師の資格は持っているし、本当は医学部に進みたかったという話も、まんざらでためじゃないの」

「ところが、ご両親は兄の和佐さんのほうばかりに力を入れて、葉絵さんを塾にいかせてくれなかった、だから医者になれなかったというのが、葉絵さんが語るところのストーリーですよね。多分に恨《うら》み節《ぶし》的な」

「中高生のころのあの子は、よく勉強していたのよ。だれに言われたのでもないのにね。当時のはあちゃんは自分の容姿については、まったく無自覚で、まして、それを武器にして男たちにモテまくり、あわよくば玉の輿《こし》ねらいなんて、考えてもいない女の子だったのに」

「人間って、変わるものなんですね」

「そう変わるわね……」

「うちの春子ちゃんも、いまはああでも、そのうち葉絵さんのようになる可能性もあるのかしら」

と顔をくもらせる里子に、すかさず玉子は言いかえしていた。もちろん口にはださずに、胸のうちだけで。

（だいじょうぶ。春子ちゃんは葉絵ほど美人じゃないし、ナイスボディの持ち主でもないから、なりたくてもなれない。絶対にむり）

その葉絵は、この三月で三十九歳になった。里子よりふたつ若い。

五つ年上の五丈信悟と再婚して五年、しょっちゅうそうぞうしい夫婦喧嘩《げんか》をやらかしては「もうあんなやつの顔も見たくないッ」と言って、実家に帰ってきては長期滞在をきめこむのが、年中行事のひとつにもなっていた。

が、そんな大喧嘩にしても、はたから見れば、夫婦のじゃれあいのようなもので、いまでは玉子が本気で心配することもなくなった。夫婦のことはほっとけばいい。子供のいない夫婦には、こういう形の刺激やリセットの方法も、ときには必要なのだろう、というのが玉子と里子の見方である。

実際、どれだけけたたましい喧嘩をくりひろげても、離婚、のひとことは夫婦どちらからも、けっして言いださなかった。喧嘩の挙句に葉絵が里帰りしても、それは「長期のホームステイ」と夫婦は呼びかわし、「別居」ということばは使わない。

何があっても、もう二度と離婚はしない、というのが、再婚にあたってのふたりの約束だったという。信悟にとっても二回目の結婚になる。先妻とのあいだに、やはり子はなく、「無精子症かもね」と葉絵が、こともなげにそうつぶやいていたこともあるものの、真偽のほどはわからない。

三月なかばの三十九歳の誕生日の夜に、玉子は「バースデイ、おめでとう」のメールを送り、葉絵からは「ありがとう」の返信があり、連絡はそれきりになっていた。

ここ数ヵ月、音さたのなかった葉絵がひんぱんに実家を訪ねてくるようになったのは、四月末から五月にかけての大型連休があけてからだった。

最低でも週に二回、多いときはつづけて四日もあらわれる。

それなりに気をつかっているらしく、玉子たちの夕食時間帯は故意に避けているようだ。

葉絵の愛車のベンツが関野寺家の玄関前に横づけされるのは、きまって夜の七時半すぎである。

早くきすぎたときは、近くのコンビニエンスストアの駐車場に車をとめ、運転席でサンドイッチや弁当で腹ごしらえしているのを、学校帰りの春子に目撃されてもいた。「叔母さんかなって思ったけど、絶対にそうだっていう自信もないし、それと、なんだか声かけにくい感じもあって……」

「そうよ、春子ちゃん、それでいいのよ」と母親の里子は深々とうなずきかえす。「コンビニ前にとめたベンツのなかでコンビニのおむすびを頬張る葉絵さんなんて、ぜんぜん葉絵さんらしくもない。きっと大人の事情ってものが、あるのでしょ。そういうときは、見て見ぬふりをするっていうのが人間としてのマナーなのよ。おぼえといて」

ベンツは、結婚と同時に夫の信悟からプレゼントされた。色は紺色、もちろん新車だ。プレゼントされた当初は、得意満面《とくいまんめん》で見せびらかすように乗りまわしていたその車は、半年もたたないうちに、夫婦の自宅マンション地下の駐車スペースに放置状態になっていた。事故にあったとか、それに近い状況に遭遇したとかではなく、単に「運転は妙に疲れる」という理由からだ。

それがどういう心境の変化なのか、はたまたハンドルを握るのにしぜんとなれたのか、実家に入りびたりだした今回は、ベンツに乗ってこない日はない。

しかし葉絵が週の半分以上も実家にやってくる現実に、玉子が夢からさめるかのように、はっきりと気がついたのは、二ヵ月もたったころである。

「ねえ、里子さん、最近、葉絵がうちにくるの、多くない？」

「いやですよ、おかあさん、いまさら」

「里子さんは気がついていたの？」

「あたりまえじゃないですか」

「そうなの。これって、もしかしたらトシかしら。毎日の目の前のことをこなすのに精一杯で、葉絵のこと、おかしいともなんとも思わなかった」

　玉子の一日はそれなりに忙しい。

　フルタイムの勤めを持つ里子にかわって、家事のほとんどを受け持っていたし、朝の八時から十二時半まではパートの仕事にでかける。三つ先の駅にあるスーパーマーケットの惣菜《そうざい》づくりの助手である。当分、辞めるつもりはない。

　午後に帰宅して昼食、そのあとは小一時間ほど昼寝をし、起きると同時に掃除や洗濯、夕食の仕度などの家事が待っている。

　里子も夕食後の洗いものを担当してくれたり、勤めが休みの日は家族三人の食事をつくってくれたりと協力は惜しまないものの、あくまでもお手伝いであり、家事全般の統括者は玉子だった。食費や日用品など、生活費のやりくりも玉子にまかされている。

　トシのせいか、と自分で言っておきながら、そのことばに少なからずショックを受けてしまった玉子を横目で見ながら、里子は慰めの口調で言った。

「今回の葉絵さん、珍しくおとなしいですからね。まるで借りてきた猫みたいに。だから、おかあさんが気づかなかったのもむりはないと、わたしは思いますよ」

「そう、そうなのよ。あの子らしくもないのよ。ひっそりとリビングのソファに腰かけていたり、二階の自室にこもったり。とにかく、さわぎ立てたり、わめいたりしないでしょ。あの様子からすると、原因は信悟さんとの夫婦喧嘩でもないようだし」

「わたしとしては、葉絵さんがイライラをおかあさんにぶつけたり、昔のうらみつらみを持ちだして、おかあさんを攻撃しないだけでもほっとしますけど」

はっとして玉子は嫁を見かえした。

葉絵の攻撃対象は母親にかぎられていたけれど、それを見ているしかなかった里子も、相当にいやな思いを味わっていたのだと、いまさらながら知らされた。

「そうだったの……。すまなかったわね、里子さん」

「いえ、おかあさんが謝る話じゃありませんもの」

「もう少し年齢をかさねたら、あの子も変わってくれるのじゃないか、と期待はしてるのだけど」

「変わらないかもしれない」

「ちょっと、里子さんッ」

とっさに語尾が悲鳴のようになっていたのを、里子は苦笑で受けとめた。

「すみません、すみません。わたしも葉絵さんのまねをして、おかあさんをいじめにかかってますね。違いますよ。ちょっと言ってみただけです。それよりも」

と里子はそうする必要もないのに声をひそめた。

夕食後のキッチンのテーブルについてのやりとりで、春子はとっくに二階に引きあげていた。ほかにはだれもいない。テーブルの上には、それぞれの湯呑《ゆの》み茶碗《ぢやわん》と、きれいに細工された和菓子が数個、漆塗りの菓子鉢に並んでいた。

「それで今回の葉絵さんのこと、おかあさん、どう思います？」

「しょっちゅう、うちにくること？」

「ええ」

「別に深く考えなかったけど。ただよく帰ってくるなとだけで」

「それにしては、あのおとなしさ、へんすぎます」

「そう？」

「まったく葉絵さんらしくもない。まるで別人ですよ」

「言われてみれば確かに」

「わたしが想像するにはですね」

と里子はテーブルごしに玉子のほうへ身をのりだし、またいちだんと声をひそめた。

「葉絵さん、不倫しているのじゃないでしょうか」

「ふりん？　ふりんって、あの、不倫？」

「おかあさんにこんなこと言うのは酷《こく》ですけど、どう考えてもそうとしか思えないんです」

　里子の推理によると、相手はふつうのサラリーマンではないだろう、と言う。フリーのジャーナリストとか、フリーのカメラマンとか、勤務時間に縛られない、わりと自由がきく職種のような気がする。

　その相手と会ったあと、葉絵はそのまま夫と暮らすマンションに帰る気持ちにはなれず、ひと息つき、いつもの自分をとりもどすために実家に寄る。

　この家での葉絵の、彼女らしからぬ物静かさ、口かずの少なさ、ひっそり感は、密会の余韻にでもひたっているからだろう。

　相手もおそらく既婚者、そして密会は午後。葉絵と夕食をともにしようとしないのは、夕食は一緒にという家族との約束があるからではないのか。妻とではない。約束の相手は子供。それも父親の帰宅を待ちわび、心待ちにするような幼い子供、子供たち。

「せいぜい小学生どまりでしょうね。いまどき父親と一緒に晩ごはんを食べたがる中学生などいませんから」

「相手の男性の年は？」

「さあ、そこまでは、というか、この際、相手の年齢はたいして関係ない」

「でも、わたしにはなんかぴんとこないのよ。里子さんの推理もなるほどとは思うけど、あの子のこれまでの人生を見てきた母親のわたしとしては。男関係は派手だったけど、あの子、恋愛体質とはちょっと違うのよ。むしろ、恋愛に溺れないタイプ」

「まわりに男たちがわんさかといて、で、恋愛体質ではない、と？」

里子の目つきが変わっていた。

怒っているようなそれはあきらかに嫉妬だった。

「そんなのってありですか？」

「ムカつく気持ちはわかるけど、あの子の場合は、もっとたちが悪いの。男たちをその気にさせるというか、むこうが勝手にあの子に熱をあげたりしても、あの子はけっして情にほだされたり、流されたりしない。要は惚《ほ》れっぽくないの。相手が自分にとってメリットがあるか、ないか、選ぶ基準はそこ。メリットといっても、おカネとか、地位名声にかぎらなくて、そのときどきのあの子にとって価値あるもの、という意味でのメリットよ」

「ふうん。ずいぶんと贅沢《ぜいたく》な女の人生を送ってきたんですね、わたしが想像していた以上に」

「その点では、母親のわたしなんか足もとにも及ばないの。外見が人並み以上にめぐまれていて、頭も勘もよくて、で、うまれつき演技力が身についている女っていうのは、たとえ、わたしレベルの女が二、三十人束《たば》になってかかってもかなわない。自分の娘ながら、葉絵を見ていて、そのことだけはいやというほど学んだわね」

里子がうつむき加減にテーブルの一点を見すえ、唇をかんで、黙りこくる。その顔が醜くゆがんでいるのを見て、玉子はそっと目をそらす。玉子レベルの女、には自分もふくまれることは里子も承知ずみだった。以前はそれを冗談のたねにしてふたりで笑いあってもいた。

しかし、いま里子の心のなかは、葉絵への嫉妬で煮えたぎっているのだろう。里子のこの嫉妬深さは、一時的なものなのか、あるいは、抑えこまれ、かくされていたものが急に噴出してきたのか、玉子には判断がつかなかった。

夫の和佐をなくしたころの里子は違った。さらにそれまで十年つづいた結婚生活でも、里子が他人をねたんだり、やっかんだりする物言いは、まったく聞いたおぼえがない。

それなのに昨年あたりから、嫉妬心をむきだしにするようになった。顔つきが一変《いっぺん》してしまうのだ。

里子としてはそれなりに自制しているつもりかもしれないけれど、自制心をはみだして形相が変わる。

とりわけ義妹の葉絵のことが気にさわるらしかった。これもかつての里子からは考えられない変わりようで、玉子はとまどいつづけていた。これぱかりは注意のしようがない。

里子のそうした変化に気づくのも、玉子は遅かった。それが嫉妬心からのもの、と悟る前までは、里子の奇妙にゆがんだ顔つきを、体調が悪いのだろう、と一人合点して、ピントはずれのことばをかけつづけてきた。「里子さん、具合がよくないのじゃない？」「頭痛でもするの？」「横になったら」

性格的に嫉妬心の希薄な玉子からすると、嫉妬していちばん苦しいのは自分だろうに、とその不毛さばかりを思ってしまう。

こうした気持ちは、しかし、口にだせるわけもなく、里子が妬心にキリキリと歯ぎしりしているような状態に居あわせるたびに、見て見ぬふりをして、その場をやりすごすしかなかった。

七月なかばのその夜、里子の顔のゆがみは、玉子が小皿にとった和菓子を一個、竹の楊子《ようじ》で小さく切り分けて口に運び、運ぶごとに湯呑みの冷たい煎茶《せんちゃ》をすすり、といった仕草をくりかえしているうちに、しぜんと消えていた。

菓子鉢にちんまりと並ぶ五種の和菓子は、昨夜、勤め帰りの塔村秋生が、「おいしいから、みなさんで食べてみて」と、わざわざとどけてくれたものである。

玄関先で玉子に包みを手わたし、そこでの立ち話だけで、彼は帰っていった。

「六九兄さん、元気でやってますからご安心ください。一時はあぶなかった体力も元にもどっていますし」

「一緒に暮らしている女医さんとは、あのまま、あの調子です」

「孫の春子ちゃんについて知りたがってましたよ。大学に進むのなら、入学金や学費を援助するようなこと言ってましたから、こんど一度、里子さんのほうから六九兄さんに連絡してはどうですか。だしてくれるっていうのを、ことわるのはもったいない話です。ぼくがそう言っていたと、里子さんにお伝えください」

顔のゆがみが消え、ふだんと同じ表情にもどった里子は、さっきの意気ごみとはうらはらに、気のない様子で菓子鉢を引き寄せた。

「不倫じゃないのなら、じゃあ、どうして、しょっちゅうここにやってくるのですか、葉絵さんは」

「さあねえ、どうしてなのか」

里子が菓子鉢から選ぼうとしていたのは、五種のなかでもっとも造りの大きな半透明の水色の菓子だった。なかの白あんがすけて見える、いかにも夏の和菓子らしい涼しげな彩りである。

「それ、きれいよね……」

と玉子が言いおわらないうちに、里子は竹の楊子をその和菓子に突き刺し、そのまま丸ごと口にもってゆく。

（あッ）

と玉子が胸のなかで叫んだときには、すでに和菓子は里子の口へと消えたあとだった。

時刻は八時になろうとしていた。

葉絵がくるとするなら七時半前後とほぼ決まっていたから、この時間になっても姿を見せないのなら、きょうはこないのだろう。

「さてと」

と、玉子と里子のどちらからともなくそう言って、食卓テーブルの椅子から腰をあげた。

里子はそのまま洗いもののためにキッチンに残り、玉子は足早に自室にむかう。八時から楽しみにしていたテレビ番組があったのだ。リビングにも大型の液晶テレビが置かれているけれど、里子が家事をするそばで、のほほんとテレビにむかっているのも気がひけて、そうしたときは自室に置かれた旧式の小型テレビを観《み》るようにしていた。


翌日の夜八時すぎ、玉子がいつもより早めに入浴をすませ、自室の鏡の前でクリームなどで肌の手入れをしていると、部屋のドアが低くひかえめにノックされた。が、返事をする前にドアは開けられ、葉絵が顔をのぞかせた。

「ちょっといい?」

ノースリーブのベージュのワンピースに、トンボの翅《はね》のようなレースの極薄の白のボレロをかさね、長い髪をこぶりのアップにまとめた葉絵は、いかにも高級感あふれる品のよい「セレブ妻」の雰囲気だった。以前から、あっさりと上品な服装を好んでいたもののの、たびたびやってくるようになったこの二ヵ月間は、さらに洗練とシンプル化が進んだらしく、いつ見ても文句のつけようがない。

「ちょっといい?」と玉子の了解を求めつつも、いつもどおりに葉絵は母親の返事を待つことなく、部屋に入ってきた。

口調はこれまでの葉絵からすると、信じられないぐらいに遠慮がちで、攻撃性も皆無なのだけれど、行動はその口調を裏切って、従来どおりに強引だった。ライティングデスクに化粧用鏡を立てかけて使っている玉子の背後にたたずみ、葉絵は柔らかな布にくるんだものをさしだしてきた。

「これ、どうかなって思って、おかあさんに」

宝石の猫目石《ねこめいし》によく似た、茶色に黄緑色の線が走った石を数珠《じゆず》つなぎにしたブレスレットだった。

反射的に玉子は言っていた。

「まあ、すてき」

トシのせいか、このごろは、ほとんど無自覚、無意識に、相手に迎合するというか、相手が期待することばを、すかさず口走れるようになっている。そのことに、いちばん驚いているのは玉子自身である。

「とってもすてきだけど、でも、わたしにはむりね」

「むりって？」

「わが家は贅沢はできないの。再来年《さらいねん》には春子ちゃんの大学受験もあることだし」

「やだ。里子さんとおんなじこと言って。違うの。これは、わたしからのプレゼント」

「これはパワーストーンといって、お守り用というか、身につけていると何かといいことがあるの」

「は？」

「…………」

姪《めい》の春子に対してだけはともかく、実家での葉絵はとにかくケチだった。出前の鮨《すし》をおごってもらったこともあるけれど、玉子の記憶では一回ぽっきりである。

「里子さんには淡いピンクをあげたわ」

「里子さんにも？」

驚愕《きょうがく》はピークに達していた。心臓がぎゅっとしめつけられた。思わず小声になっていた。

「どうしたの、はあちゃん。何かあったの？　ほんとに、だいじょうぶなの？」

そんな玉子など無視して、葉絵は布にのせた猫目石調のパワーストーンを見つめたまま、つぶやくように言った。

「知りあいのご夫婦が、半額でゆずってくれたのよ。それで、わたしのをふくめて三人分買ったの。おかあさんと里子さんには、まだまだがんばってもらわなくてはいけないしね、春子ちゃんのために」

「知りあいのご夫婦って、パワーストーンのお店をやってるの？」

「それはサイドビジネス。もともとはヨガ教室のオーナー夫妻でね。奥さんがチーフトレーナーで、ご主人のほうの本来のお仕事は企業コンサルタント。でも最近はメンタル面での相談も多くて、本業がなんだったのかわからなくなるぐらいに、いろんな悩み相談にのっているみたい。要は人望があるの。人格者なのね」

葉絵にそういう知人夫妻がいるとは、はじめて耳にする話だった。

「じつはわたしも何かと話し相手になってもらって、それでちょくちょく通っているの。とっかかりはヨガ教室だったけど、いまはそっちはほとんど休んでる状態」

用心深く玉子はたずねた。

「はあちゃん、そんなにも悩みごとがあるの？」

「ううん、悩みというほどじゃなくて、人生全般への漠然とした疑問とか、将来的な不安とか、多分、だれしもが持っている気持ちのもやもやを、聞いてもらってるだけ。ところが、それに対するアドバイスが的確でね、言われると、ああそうだったって、目の前がぱっと明るくなるのよね」

「それってボランティア……じゃないわよね」

「三十分で五千円。でも三十分なんてあっというまでしょ、だから毎回、六十分とか九十分とかになるわけよ」

「もしかして、最近よくうちにくるのは、その帰りなの？」

「まあね。ちょっとアドバイスに従ってみたのよ。できるだけおかあさんとじかに会う回数をふやすようにって」

そうアドバイスされるにいたった葉絵の悩みごとは、きくまでもなく予想ができ、玉子の気持ちはひっそりとふさいだ。

母親との不和とか、幼いころに兄とは差別されて育ったとか。精神的な虐待とか、これまでさんざん葉絵からなげつけられたことばが、瞬時に玉子の頭のなかをめぐってゆく。相談内容は、おそらく、そうしたことに違いない。

両の口角をあげた笑顔をむりやりつくる。

「このパワーストーンもお高い買いものだったんでしょ？」

「でも半額だから。そうね、そう言われると、安くはないかも。半額で五万円。といってもね、おかあさん、値段の何倍もの値打ちのあるパワーストーンなのよ。わたしの母と兄嫁へのプレゼントだからって、特別に、念入りに〝気〟を吹きこんでもらっての料金だから、それを考えると、ちっとも高くはない」

〝気〟を吹きこんでもらった、のフレーズに、一瞬、玉子は凍りついた。

要は霊感商法ではないのか、と、とっさに直感したものの、口からとびだしそうになったその問いかけを、あわてて封じこむ。

「信悟さんは知ってるの？　つまり、そのう、ヨガ教室のこととか」

「うん。でも、どこまでまじめに聞いているのか。わたしのことよりも仕事や遊びや仲間うちのおつきあいに忙しいひとだから、わたしにも話し相手ができてよかったぐらいにしか思っていないでしょうよ」

「そのご夫妻って、おいくつぐらいなの？」

「お名前はね、ヒサメ・ノギヤ、マドカ夫妻で、こういう字を書くの」

　葉絵が、玉子のライティングデスクのすみに置かれたメモ用紙にボールペンで走り書きしたのをのぞく。

　氷雨乃木哉《ひさめのぎや》・窓香《まどか》。

「氷雨センセイは五十二歳で、奥さまの窓香チーフは四十歳。本当の苗字《みようじ》は、サトウとかイトウとかハヤシといったありふれたものらしいけど、それだとつまらないから、営業用に氷雨って名乗ってるんですって。下の名前は元のままらしいけど」

　ますますうさんくさかった。

　営業上の名前というところからして「おや？」と思うのに、しかも「氷雨」のネーミングには、玉子の感覚からすると、うそっぽさとはったりが、これ見よがしににおってくる。

「ひょっとして、そのご夫妻のカラオケの十八番《おはこ》は〝氷雨〟?」

と、思わず玉子の口から冗談まじりのことばがとびだすと、すかさず葉絵が真顔できかえしてきたのには、たまげた。

「やだ、どうして知ってるのよ」

「………」

「氷雨センセイはバリトンの大変な美声の持ち主でね。カラオケを唄っただけで、女性のハートをわしづかみにしたこともあるそうよ。そのぐらい、歌がお上手。反対に窓香チーフはド音痴で、氷雨センセイからカラオケ禁止令がでてるんですって。というのもね、窓香チーフって、同性から見ても、惚れぼれするぐらいのクール・ビューティなのね。絶世の美女といってもいいくらい。そのつんとした美貌が魅力なのに、ド音痴で唄われると、イメージのガタくずれもいいとこ。カラオケだけじゃなく、氷雨夫妻は何かも真逆で、またそこが楽しいの。氷雨センセイは大食漢で、話がお上手で、涙もろくて、感激屋。対して窓香チーフは小食、無口、クール。おかしなご夫妻でしょ」

いまの説明からすると、氷雨夫妻と葉絵のつきあいは、ヨガ教室で会う以外にも、カラオケや食事にいくような、浅くはないもののようだ。

ハラハラする気持ちをかくして、玉子はさらにたずねた。

「ヨガ教室のトレーナーって、何人いるの？」

「いまのところは窓香チーフだけ。もうじきひとりふえるみたいな話は前に聞いたけど」

「ほかにトレーナーはいないのにチーフって呼んでるの」

「単に習慣的にそう言ってるのでしょ、深い意味もなく」

ことなげに葉絵はそう答えたけれど、玉子はそこにも夫妻のはったりを嗅いだ。知らないひとが聞けば、複数のトレーナーのいる、それなりの規模のヨガ教室と受けとめかねない。

「結婚して十年ぐらいになるらしいけど、うちと同じく子供がいないのよ」

玉子がきいたわけではないのに、葉絵は唐突にそう言って、そして、やはり唐突に不機嫌な顔つきと口ぶりに変貌した。

これといって理由のわからないままに、陽から陰に豹変《ひょうへん》する娘を、玉子は久しぶりに見た。葉絵に言わせると、それなりに理由はあるのかもしれないけれど、いつの場合も、その点の説明は省略される。ただキレる。

「このパワーストーン、気に入らないのなら、だれかにあげてもいいのよッ」

「そんなこと言ってないでしょ。ありがたく使わせていただきます」

「ふん、むりして」

「してないでしょ」

「やっぱり話さなければよかった」

「何を？」

「氷雨夫妻のこと。おかあさん、気に入らないんでしょ。顔にそう書いてある」

「よしてよ、はあちゃん。それは言いがかりってもんよ」

「夫妻は誤解されやすいひとたちなのよね。でも、わたしにとっては大切な友人なの」

「そう、大切なお友だちなのね」

すみやかに肯定にまわる。葉絵の激高を落ちつかせるには、いっさいさからわないのがポイントだった。

「三十分で五千円の相談料にしても、長い目で見れば、ゆくゆくは自分への投資と同じなんだから、けっして高くはないし」

と、葉絵のほうからそれにふれてきたのは、心中ひそかに「高い」と感じることもあるからだろう。

玉子は、相談料についてはひとこともコメントしていない。

「そうね、先行投資よね」

「そういうこと」

「だったら少しも高くない」

「でしょう?」

「ええ」

「そこをわかってもらいたいのよね」

意外にも葉絵の怒りは、ものの数分とたたないうちにおさまってきた。以前にはないことだった。これこそが氷雨夫妻によるセラピー効果なのか。

「とにかく、きょうはパワーストーンをとどけにきただけだから」

葉絵はほどなく帰っていった。

玄関先で、ベンツのエンジン音がひびき、やがて遠ざかってゆくのを、玉子は自室のライティングデスク前の椅子に腰かけたまま、物哀《ものがな》しい気分で聞いていた。

(こんどは、これか)という思いだった。

六年前に息子の和佐が車の事故で急逝してからというもの、夫との別居、里子母娘《おやこ》との同居、それとほとんど同時期の、信悟の親族からは猛反対された葉絵の再婚、そして夫の若くて新しいパートナーの出現と、今年はじめの夫との離婚など、つづけざまに予想外の出来事が展開されて、息つくひまもなかった。そのたびにふりまわされた。どの現実も受け入れるまでに時間がかかった。

しかし、もうこれ以上、悪いことは起きないだろうと、根拠はないながらに、願いをこめてそう思い決めていた矢先なのである。

平穏な日々は半年しかつづかなかった。

ライティングデスクの上に並べた化粧水や保湿クリームなどをひきだしにしまいつつ、玉子は大きくため息をついていた。その大きさに、自分でもたじろいだ。

「おかあさん、よろしいですか？」

閉じたドアのむこうから里子の声がした。

今夜はもうだれともしゃべらずにベッドにもぐりこみたかったけれど、こちらのその欲求の強さと同じくらいに、里子がブレスレットの件でしゃべりたくてうずうずしているのもわかるだけに、むげにことわりきれなかった。時刻はまだ九時前である。

「はい、どうぞ」

姿をあらわした里子は、思ったとおりにパワーストーンのブレスレットを手にしていた。淡いきれいなピンク色である。

「おかあさん、聞きました？　氷雨夫妻だのヨガ教室だの〃気〃を注入してもらったこのブレスレットだの、相談料が三十分で五千円だのってこと」

「ええ、まあ」

「おかあさんのは、それですね」

と里子はライティングデスクの上に置かれた猫目石調のブレスレットに目ざとく視線を走らせる。

「半額で五万円もするなんて、ほんとかしら？」

「葉絵はおトクな買いものだと信じきっているみたい」

「氷雨夫妻とやらに、葉絵さん、相当にたらしこまれていますよね、あの調子では」

「…………」

「わたしがざっと計算してみたところ、この二ヵ月ばかりで五十万円近くをみついでますよ。夫の信悟さんはご存知なのか。ご存知ないのなら、それとなくお伝えしたほうがいいのか。どう思います？　おかあさん」

しかし里子の口ぶりには心配そうな気配はみじんもなかった。眉根を寄せて気がかりな顔つきを装ってはいるものの、その声からは浮きうきとおもしろがっているニュアンスが、かくしようもなくでていた。

「もう少し様子を見てみましょう。里子さん、信悟さんには余計なことは言わないでおいてね」

「はい。わかってます。けど、これって不倫よりたちがいいのか悪いのか。いえ、わたしはまだ疑っているんです。氷雨夫妻の夫とは何かあるんじゃないかって。不倫しながら、カモフラージュもかねて、不倫相手の妻とも親しくなるケースも、わりとありますし。それにしても、あの葉絵さんが、パワーストーンだの、〝気〟を吹きこんでもらうだのってことを、あたまから信じこんでいるのにびっくりしました。人って、わからないものですねえ。葉絵さんのこういう一面を、おかあさんは知ってました?」

「いいえ。わたしは何につけ、至らない母親であり妻だったから」

と、思わず知らず、そんな弱気な発言が口からこぼれおちてしまう。

「だとしても、おかあさんは、春子ちゃんにとってはいいおばあちゃんであり、わたしにしても、いいお姑《しゅうとめ》さんですよ」

里子は別に慰めではなく、カラリと陽気に言ってのけ、そのあっけらかんとした調子は、かえって玉子をとまどわせた。

どうやらパワーストーンのブレスレットの件が、里子を興奮させ、妙な元気をもたらし、饒舌《じょうぜつ》にさせているらしかった。

「ごめんなさい、里子さん、ちょっと頭痛がするので先に休ませてもらうわ」

早くひとりになりたかった。もう限界にきていた。

里子は気を悪くしたふうもなく、こんどは露骨に慰めのことばを口にした。

「そうですよねえ。頭も痛くなりますよね。わたしだって、もし春子ちゃんが、あやしげな詐欺商法にひっかかったりしたら、ものすごいショックですもの。いまの段階で、葉絵さん、どの程度、洗脳されているか……」


次の日の夜、玉子は秋生に電話した。

勤めから帰った秋生は、自宅での夕食をすませたところだった。

「秋生さん、いまちょっとお話ししてもいいかしら」

「はい、かまいません」

玉子はここ二ヵ月ほどのあいだに葉絵の身辺に起きているらしいことを、洗いざらい秋生に打ちあけた。

氷雨夫妻との出会い、きっかけはヨガ教室、その夫はコンサルタント業で、経営からメンタル面の悩み相談にまで手をひろげていること、値引きしても一本で五万円もしたというパワーストーンのブレスレットのまとめ買い、それには〝気〟が注入され、だからけっして高い買いものではないと、葉絵があたまから信じこんでいることなどである。

「正直なところ、ものすごく心配なの。ほら、新興宗教の洗脳事件とか、昔、あったでしょ。あれはこういうことがはじまりじゃなかったのかって、そう思ってしまうくらい、あの子は氷雨夫妻に心酔しきっている様子なの。でも、わたしとしては、どう対応すればいいのか。夫の信悟さんが、はたして、どの程度知っているのかもわからなくて」

「なるほど。それはご心配になるのも当然でしょう」

例によって秋生は冷静沈着な口調で答えた。彼がこれまでとり乱したところなど、玉子は見たためしがない。そういう点では、小学生のころから秋生はませた子供だった。そのおませぶりが、しかし、玉子はきらいではなかった。ませてはいても、鼻持ちならない生意気というのとは違っていたからだ。

「知りあいに探偵社に勤めている者がいますから、頼んでみましょう」

「探偵社?」

「ええ。浮気調査とか、消息不明のひとの居所をつきとめるとか、最近、利用するひとも少なくないらしいです。氷雨夫妻について、ざっと調べてもらいましょう。ただし、料金はかかりますが」

「それ、お願いしてもいい?」

一週間後、探偵社の調査結果は秋生に提出され、その内容は秋生から電話で伝えられた。

「本来なら直接お会いしてというところですが、そこまでの必要がない。つまり、結論から先に言うと、問題がなかったという報告です。氷雨夫妻に関して法にふれるようなことは、過去にさかのぼっても、いっさいありません」

「そう……よかった」

「夫妻がこの街にきたのは十年ほど前で、当初はコンサルタント業務とダイエット教室をやっていたようです。ダイエット教室と並行して、サプリメント販売とか、マッサージの店をやってたこともありますね。こうした店は妻の窓香が前面にでて、夫の乃木哉はつねに妻をバックアップするコンサルタントの立ち位置だったようです。ただし、コンサルタント業は、それだけではぜんぜん成り立ってゆかなくて、稼ぎがしらは妻のほう。早い話、ヒモ的存在の夫というのが実状でしょう」

「葉絵が言ってたけど、妻の窓香さんは大変なクール・ビューティなんですって」

「それだけでなく、人柄的にもいいみたいです。ただし夫の評判はあまりよろしくない。高圧的で、いばり屋で、すぐにカッとして怒鳴る。これは、以前にヨガ教室にいたスタッフや、ヨガ教室と同じビルに入っている二、三の飲食店から聞きとってきた話のようです。スタッフだけではなく、自分の妻に対しても、ダメ出しと称して、ほとんどイジメに近い言動をとるのだとか」

「そんな男を、葉絵はセンセイ呼ばわりして夢中になってるの？」

乃木哉のような男は、まったく葉絵のタイプではないはずだった。少なくとも玉子の知るかぎりでは、その手の男は毛ぎらいして、いっさい相手にはしてこなかった。

現在の夫の信悟にしても、前の夫にしても、精神的に妻を押さえつけたり、やりこめたり、ねじふせたりするところのない性分だった。夫たちは、そろって頼りなげで、しかし、そのぶん葉絵の言いなりでやさしく、好きなだけ妻に主導権を握らせて平気、というより妻の采配《さいはい》ぶりが自慢であったりする夫たちなのだ。

そうした玉子の見方を、しかし、秋生はこともなげにくつがえした。

「愛憎は紙一重というじゃありませんか。極端に苦手というのは、極端なぶんだけいったん惹《ひ》かれたら、それは強い。それに氷雨・夫は、葉絵ちゃんに対しては、妻の窓香さんに対するのとはまたぜんぜん違った顔を見せているのかもしれません。それは彼にかぎったことじゃなくて、人間というものは、相手によって、いくらでも自分の出し方を無意識に変えますからね」

「あの子、氷雨・夫のことを人格者、人望があるなんてベタホメだったわ」

「多分、葉絵ちゃんの前では、そういうりっぱな男でありつづけているのでしょう。男にとって、とりわけ女性の前で、りっぱな人格者を演じるのは、たまらない快感だとは思いますよ。ぼくはやったことはありませんが」

「このままほうっておいてもだいじょうぶと思う？」

「いえ。玉子さんのおっしゃるとおり、かなりうさんくさい相手のような気がします。いまは葉絵ちゃんのご機嫌をとりむすぶのに忙しいようだけど、最終的なねらいは〝五丈ドラッグストアグループ〟のブランド力と財力あたりにあるのではないかと。これはあくまでもぼくの想像ですけど」

　十数店の薬局チェーンを展開するその四代目が葉絵の夫の信悟である。

「そのうち葉絵ちゃんをビジネスパートナーとした起業話を持ちかけてくるのじゃないかな。葉絵ちゃんは薬剤師の資格もあるし、五丈ドラッグストアの四代目の若夫人だし、お金はあるし、子供はいないから暇もあり、それに、あれだけ押しだしのいい外見の持ち主です。何をするにもビジネスパートナーとしては申しぶんがない」

「そう言えば、あの子、自分でも何か仕事をはじめたいようなこと、よく口にしていたわね。氷雨・夫に相談しているっていうのは、そういうこともふくめてだったのかもしれない」

「相手にしてみれば、しめしめ、ってところでしょう。コンサルタントとして、いくらでも入りこめる余地がある。高いブレスレットを売りつけたりするのも、葉絵ちゃんがどれだけ自由になるお金を持っているか、そのへんのところを小出しに探っているのかもしれませんね」

「とりあえず、わたしはどうしたらいいのかしら。へたなこと言ってあの子を怒らせたなら、親子関係に決定的なひびを入れてしまいそうで、それもこわい」

「葉絵ちゃんの母親攻撃は相変わらずですか」

「あの子からすると全部が全部、わたしが悪いのよ。それを認めても、許してはくれないけれど」

「そうなのかなあ。玉子さんが和佐くんより葉絵ちゃんをないがしろにしてきたっていう印象、ぼくはないんだけどなあ。玉子さんと六九兄さんが結婚したときから、そばで見てきたけど。でも、これを言うと、彼女、本気で逆上して、ぼくにまで食ってかかりますからね。確実にまちがった記憶というのも、あるにはあるんですけれど、葉絵ちゃんはぜったいに聞き入れないし」

「もうしばらく様子を見てるしかないのね。先方から具体的な投資話とか持ちかけられたのなら、こちらも話がしやすいけど」

だが、そうなってからでは手遅れかもしれない、という不安はあるものの、他の方策を思いつかない以上は静観しているしかなかった。

相談されてもいないのに余計な助言などして、葉絵がへそをまげ、実家に寄りつかなくなることのほうが避けたかった。

天気予報がさかんに冷夏と連呼していた七、八月がすぎ、カレンダーは九月に入った。冷夏のはずだったのに、九月になってからの残暑はきびしく、日々、三十度をこす気温がつづいた。

葉絵の氷雨夫妻通いと、その帰りに実家に立ち寄る行動パターンにも変化はなく、一日置きに週に三日という回数も八月に入ってから定着した。

葉絵の夫妻に対する心酔ぶり、崇拝ぶりを、やや皮肉まじりに「氷雨詣《もう》で」と玉子と里子はかげで称していたけれど、もちろん、葉絵の前では片言《かたこと》ももらしてはいない。

いまのところ、これといった大きなトラブルは持ちあがってはいないものの、玉子が夫妻を危険視する気持ちは日ごとに強まっていた。

それというのも、葉絵の話からすると、夫妻はしょっちゅう葉絵に借金を頼みこんだり、小額ながらも寄付話を持ちかけているようなのだ。

「ようだ」と推測するしかないのは、葉絵がはっきりとそう言ったわけではなく、他の話にまぎれて断片的なことばがこぼれ落ち、それで玉子と里子の知るところとなる。

葉絵はどこまでも夫妻をかばおうとしていた。借金や寄付の件で、夫妻があらぬ誤解をされるのは、葉絵としては、どうしても許せないことらしかった。

その一方で、おそらく葉絵も心中ひそかに、夫妻の借金癖やあやふやな寄付話を（困ったことだ）と思っているに違いない。だから、玉子たちの前では言いしぶる。というか、できるだけ、かくそうとする。

しかし、ふだんから虚言癖がなく、作り話やうそが不得意な葉絵は、つい本当のことを会話のなかでもらしてしまう。玉子と里子はそれをひろいあげ、組み立てなおし、推測し、結論づける。

いつの場合の借金も高額ではなかった。

最高額で一回につき十数万円だった。ヨガ教室のスペース賃貸料ででもあろうか。見方によっては中途半端なせこい金額で、だからこそ貸す側も、つい、うっかり承知してしまうのかもしれない。

借金を申し込んでくる相手には用心したほうがいいと、暗に氷雨夫妻を念頭に置いて世間話のなにげなさで玉子がそれとなく言ったとき、葉絵もまた深々とうなずいたものである。

「そうよね、そういう人たちにかぎって、借金の連帯保証人になってくれって、気軽に言ってきたりするらしいわね」

玉子はとっさに青ざめた。

「まさかはあちゃん、あなた……」

「いいえ、氷雨センセイのお知りあいにいたんですって。連帯保証人になることが、相手との友情のあかしとか思いこんでいるひとがいて、結局、ひどいめにあったらしいの。夜逃げしてしまった友だちの全借金を肩がわりさせられることになったって」

ほっとした。

「うちのアホぼんも、絶対に連帯保証人になってはいけないって、十代の子供のころから、祖父母やご両親から口をすっぱくして言われつづけてきたって」

「そう、信悟さんもそう言ってるの……」

いちど信悟に連絡してみようか、と玉子は思った。氷雨夫妻については、葉絵の話し相手ができてよかった、ぐらいに考えているらしいことは、以前に葉絵から聞いている。

しかし小刻みの借金のことは、はたして耳に入っているのかどうか。

九月も下旬にさしかかったその夜の八時少し前、「氷雨詣で」の帰りに立ち寄った葉絵に、玉子は意を決して、が、表面上はさりげなくきりだしてみた。

「そのうち、わたしも氷雨ご夫妻にお会いしてみたいわね」

「なんで」

「ずいぶんとあなたがお世話になっているみたいだから、ごあいさつをしておきたいの。長いおつきあいになりそうなんでしょ？」

そばでは里子が抑えきれない好奇心で、猫のように瞳《め》を光らせ、なりゆきを見守っている。キッチンの食事用のテーブルについた三人の前には水出しの緑茶の入ったグラスが置かれていた。春子は勉強があるとかで早ばやと二階の自室に引きあげていったあとのやりとりである。

「ささやかな食事会なんかどう？　メンバーは、そちらの三人に、わたしのほうは里子さんと秋生さん。ほら、秋生さんがいると座持ちがいいから、何かと助かるし」

「秋生さんかあ……」

葉絵は日ごろから、これといった理由もなく秋生を見くだしているところがあった。あるいは、それは焼きもちからではなかろうか、と玉子は最近そう見方を変えるようになってきた。

父の六九朗が、とにかく秋生をかわいがり、それにくらべて自分は父からやさしくされたことがないというひがみが、葉絵にはある。ひがみがストレートに敵対心にならず、軽視レベルにとどまっているのは、葉絵なりの智恵《ちえ》というものかもしれない。

「秋生さんがいやなら信悟さんでもいいし、お二人一緒なら、なおいいけど」

「うちのアホぼんはこないわ。営業の仕事で毎日いやというほどひとと会っているから、プライベートでは、ほんとに気心の知れた仲間としか会いたがらない」

「でも、とりあえずお誘いしてみたら？」

「まあね」

気のない返事からすると、誘うつもりはないのだろう。

玉子もそれ以上はすすめなかった。

娘婿の信悟とは、これまでかぞえるほどしか会ったことはなく、しかも、ろくに話したこともない。初対面の氷雨夫妻に加えて、そんな信悟に同席されたなら、気疲れだけでくたくたになりそうだった。そんなこんなを考えあわせると、どうあっても、秋生だけははずせない。

「で、日にちとか場所は？」

「ご夫妻のＯＫをいただいてからと思って。それに、ほら、苦手な食べものとかも、あるかもしれないでしょ」

翌日さっそく葉絵から電話がきた。

氷雨夫妻は、玉子がセッティングしてくれる食事会と聞いて、ひどく恐縮しているという。恐縮しつつも喜んでいて、会うのを楽しみにしているという葉絵の話だった。

「それで日にちは、九月最後の金曜日あたりはどうかって。七時ぐらいから。で、苦手な食べものはありません」

「わかりました。お店が決まったら、また連絡するわ」

葉絵の電話をきってすぐさま秋生に電話した。秋生が候補にあげてきたのは、和食の店、中華料理の店、そしてイタリアン・レストランの三店だった。インターネットからの情報だけでなく、どの店もそこをひいきにしているひとの口コミによるものだから信用度は高いという。三店舗とも少人数むけのテーブル席の個室がある。

玉子のそばにぴたりとはりついていて、葉絵からの電話にも、秋生とのそれにも聞き耳を立てていた里子が、ここでもやはり猫のように瞳を光らせて口をはさんできた。

「和食にしましょうよ、おかあさん。出席者の平均年齢は四十をこえていますから、ヘルシー志向の和食がいちばんです」

玉子に異論はなく、折り返し秋生に連絡して、個室のキープと人数ぶんのフルコースの予約もあわせて頼んだ。

場所は街中の老舗格《しにせかく》のホテル二階にある和食店である。

食事会の場所を知らせるメールを葉絵に送っている玉子の目の前では、里子がひとりではしゃいでいた。

「どんなお料理がでるんでしょうね。ああ、楽しみ。噂《うわさ》の氷雨夫妻にも、ようやく会えるし、こんなに待ち遠しいのって、わたし、久しぶりですよ」

そんな里子の態度に、玉子は苦さをかみしめた。

玉子が自腹をきって食事会の席を設けるのは、ひとえに葉絵の身が心配だからであり、その原因である氷雨夫妻をこの目で見てチェックしておきたいからである。

そんな玉子の気持ちを知らないはずはないのに、目先の物珍しさに浮かれている里子は、結局のところ、血のつながりのない〝嫁〟だった。

約束の金曜日、玉子は待ち合わせの七時より三十分早く和食店についた。

氷雨夫妻は時間にきびしいほうなのかどうか、葉絵にききそびれていたけれど、招待客より遅れていく非礼は、なんとしても避けたいことだった。

玉子より五分あとに秋生が、十分置いて、里子が、それぞれの勤務先から直行してきた。どちらも事前に「できるだけ早めに」と玉子が念を押してあったのだ。

日没のころから小雨になり、雨はとぎれずにふりつづいていた。

ひと雨きたおかげで温度がさがり、今夜は残暑の寝苦しさを味わわずにすみそうだった。雨はほどよい微風をともなっていた。

三人は先に個室に案内され、葉絵と夫妻の到着を待った。

「玉子さん、二次会はどうします？」

秋生がたずねた。日中よりはましというものの、この暑さなのに、黒っぽい細身のスーツにワイシャツ、ネクタイまできちんとしめている。だらしのない印象を与えまいとする気づかいは、彼自身の好印象のためというより、玉子に恥をかかせないための配慮なのは、言われるまでもなかった。そういう秋生を、玉子はあらためて心強く感じた。

里子もTシャツなどのラフなスタイルではなく、柔らかな綿のワンピース姿だった。この夏のボーナスで新調したそれは、これまでの里子からすると思いきった色あいのレモン色で、しかし、よく似合っていた。「たまには、おかあさん、葉絵叔母さんを見習って、こういう華やかなのを着てみてよ」と娘の春子が選んだ一着である。

「二次会の予定は考えてないけど」

「もし葉絵ちゃんとか、先方のご夫妻がそう言ってきたら？」

つかのま玉子は思案し、次にきっぱりと言いくだす。

「二次会はありません。そこまで打ちとけるのが、きょうの目的ではありませんからね」

「じゃあ、ぼくはそのときの状況に応じて」

「わたしは？」と里子が無邪気にきいてくる。やはり瞳が猫のそれのように光っている。そんな里子に、眉をひそめる表情を一瞬走らせてから、秋生はそっけなく答えかえす。

「里子さんはお好きなように」

約束の五分前、葉絵と一緒に氷雨夫妻があらわれた。

葉絵は目のさめるような、あざやかな真紅のレースのワンピースだった。襟も袖もない、ごくシンプルで、タイトなデザインである。

髪は高々としたアップに束ね、耳もとを飾る大ぶりなイアリングは、幾層もかさねあわせたスワロフスキーのガラスの輝きを、まぶしいほどに放っている。

葉絵のあでやかなゴージャスさにくらべると、氷雨夫妻は、玉子が想像していたよりも、ずっと目立たなく平凡で、なんだか、がっかりするほどにありふれたカップルだった。

氷雨乃木哉は、五十代男性の平均的な身長に、やや小太りの体つき、高血圧体質によく見かける赤味がかった頬をして、見るからに窮屈そうなグレーのスーツ上下に体を押しこんでいた。サイズが実体形にぜんぜんあっていないのだ。

妻の窓香も、葉絵の手放しの賞賛を聞かされていたのが、むしろ、マイナスに働いて、どこが「絶世の美女」なのか、ちっとも「クール・ビューティ」じゃないだろうに、と思わずつっこみたくなるような落差を感じさせた。

が、よくよく見ると、バランスのとれた整ったきれいな顔立ちなのは、そのとおりだった。ただパッと見が地味すぎて、すぐには「きれい」ということばにはむすびつかないというタイプだった。

窓香はスーツ姿の夫とは反対に、Tシャツにジーンズの、くだけた恰好《かっこう》だった。どちらも相当に着古したものなのが、ひと目でわかる。

横目を使ってそっと秋生と里子のほうをうかがうと、ふたりとも、玉子と同じ落胆と肩すかしをくらったような興醒《きょうざ》めの表情をしていた。

すこぶるつきの美女でなくてもいいし、ぴしっと体にあったスーツ姿でなくてもいい。ただ、だれもが納得するオーラが夫妻にあれば、玉子たちもそれなりに「なるほど」と納得がゆくのだが、オーラはかけらもなかった。あるいは、それは葉絵だけに見えるオーラなのかもしれない。

「はじめまして、氷雨です」

じつはこれは営業用の苗字で本名は、とつづくことを玉子は期待したが、乃木哉は、そこにはいっさいふれなかった。

「こちらは妻の窓香です。きょうは、おまねきいただきまして、本当にありがとうございます」

発声は堂々として歯切れのよいバリトンだった。

窓香のほうは、口をつぐんだまま淡い微笑を浮かべ、夫の発言にあわせて軽く会釈をしたり、小さくうなずいたりと、身体的なパフォーマンスをそえる。

油断すると、すぐに掻《か》き消えてしまう微笑なのは、いかにもその場かぎりのつくりものだからだろう。すうっと微笑が消えたあとには、いら立ちを抑えこむのがくせになったような険《けん》のある表情があらわれる。人を寄せつけないその素《す》の顔つきから、玉子はそれとなく目をそらす。見てはいけないもの、感じてはいけないものまで、目に入ってきそうな不安をおぼえたからだ。

六人は大きな長方形のテーブルについた。奥に葉絵をまんなかにして氷雨夫妻、手前に玉子たちが並ぶ。

飲みものの注文をとりにやってきた個室係を相手に、さっそく秋生が座を仕切りはじめた。ありがたいことに、今夜の葉絵は、氷雨夫妻にかかりっきりで、秋生の仕切りにいちゃもんをつける余裕はなかった。

まずは乾杯用の壜《びん》ビールを三本、そのあとに白ワインのフルボトルを二本注文する。どちらも秋生のひとり決めだったけれど、反対する者も賛成する者もいなかった。

食事会は、上機嫌な葉絵をのぞいて、微妙な緊張感とぎこちなさをないまぜにして、すすんでいった。

葉絵は酔うほどの量のワインは飲んでもいないのに、酩酊《めいてい》調子の口ぶりで、くりかえし言いつづけた。

「いいわよねえ、こういう食事会って。親しい方をお呼びして、家族みんなで食事して。うちは、ほら、父親が仕事人間だったから、そもそもが家族団らんなんてなかったのよ」

「わたしの家もそうでしたよ」

と乃木哉が同調し、窓香もうなずく。

「ええ、うちもそうです」

確かに葉絵が子供のころはそうだったのかもしれないが、大人になってからは、むしろ葉絵のほうから家族を敬遠し、誘っても断ることが多かったのに、と玉子は言いたかったが我慢した。

葉絵が珍しくこんなにもうれしそうにしているのに、そこに水をさすこともない。

葉絵の上機嫌は、あきらかに氷雨夫妻によって支えられていた。

夫妻がつねにワンセットになって葉絵に対応し、しかも葉絵がどんな乱暴な物言いをしても、けっしてさからわない。

「ワインは、やっぱり白にかぎる。白がいちばん。ロゼや赤はだめよ、おいしくない」と葉絵が独断と偏見にみちみちた発言をしても、乃木哉はすみやかに同調する。

「ええ、白がいちばんでしょう」

窓香もすかさず追従《ついしょう》する。

「さすが葉絵さん、ワイン通でいらっしゃる」

（ワイン通？　葉絵が？　いつからだ？）と、玉子は驚き、驚くあまりに、ほとんど反射的に里子を見ると、里子も目を大きく見開いた芝居がかった表情で玉子を見かえしてきた。

一事が万事この調子だった。

話題がワインをはずれて、ほかのことに移っても、夫妻は徹底した「イエスマン」でありつづけた。

「なるほど、そのとおり」と、まずは乃木哉がすぐに肯定し、次に窓香もつづく。つねに夫婦そろっての全肯定で、どちらかが否定にまわるということはない。

ご機嫌とりに徹しつづけるその度合いが、あまりにすごくて、ばかばかしかった。

ただし麻薬のような中毒性がある。

そうされている葉絵は、日ごろの皮肉屋ぶりはどこにいったのかと玉子がいぶかしむほどに、夫妻の同調と追従につつまれて、ころころと笑みくずれたり、目を輝かせるほどの至福に心をとろけさせたりしているらしいのが、いかにも見てとれた。

いやらしかった。

なぜか、なんともいえない、いやらしさがそこにはある。

ほどなく、まず玉子が会話から抜けた。

次に里子も押し黙る。

そうこうするうちに、秋生も、先のふたりに見ならって口をつぐんだ。

料理のフルコースは、バニラのアイスクリームと季節のくだもの二切れのデザートで終了した。

スタートから七十分がたとうとしていた。

事前に玉子と打ちあわせていたとおりに、秋生が「ちょっと失礼」と言って、支払いをするため個室をあとにした。

そのあいだも葉絵の上機嫌はつづき、上機嫌さを支える氷雨夫妻のおべんちゃらも、いっこうにトーンダウンする気配はない。

お勘定をすませた秋生がもどってきた。

「それでは今夜のところはこれで」

と散会を告げると、そこで、ようやく夫妻はハッと我にかえったような顔つきになり、にわかにうろたえだした。

「ああ、これは、これは申しわけありません」

と乃木哉が椅子から立ちあがり、いかにも恐縮した様子で、小太りの体をちぢこめるようにして言った。

「葉絵さんのお話に聞き入ってしまい、おかあさまやおねえさまのお相手をしそびれてしまいました。どうでしょうか、場所をかえて、もう少しおつきあい願えませんでしょうか」

「いえ、きょうはもうこれで」

と、むかつく気持ちをかくしようもないそっけなさで答えた玉子の横あいから、里子がとりつくろうように口をはさんだ。

「すみません、こちらからお声がけした食事会ですのに、今朝から急に義母《はは》の体調が思わしくなくて。夏の暑さ負けが、いまごろになってでてきたみたいで」

もう一軒寄ってゆくという葉絵たちと別れて、三人はタクシーに乗りこんだ。今夜の食事会をセッティングしてくれた秋生へのせめてものお礼にと玉子がふんぱつしたタクシーである。

後部座席に玉子と秋生が並び、里子は気をきかせて、すばやく助手席に乗りこむ。まずは秋生宅にいってもらうよう、その住所を告げる。

車内はしばらく静まりかえっていた。

だれも、何も、口火をきらない。

やがて、おずおずと沈黙を破ったのは里子だった。

「……あのう、あれって、あの、どういうことなんでしょ……」

短い間《ま》をはさんで秋生が淡々と言う。

「ああいうことですよ、要するに」

「どういうこと？」

「うちの娘があんなにもおばかさんに見えたのは、はじめてね」

「葉絵ちゃんらしくもなく、見事に、したたかに、手玉にとられていましたね」

「秋生さんもやっぱりそう感じた？」

「一見したところは、特に夫のほうは、うだつのあがらない男。しかし、あれが、むしろ強味になっているのでしょう。ついつい相手は油断する、心を許してしまう」

「でも初対面のわたしたちを、ほとんど無視して、葉絵さんのご機嫌とりばっかりというのは、利口なやり方じゃないと思いますけど」と里子。

「おそらく直前に何かもめたのかもしれないな。葉絵ちゃんがへそをまげるような。それで夫婦して、ぼくたちは二の次にして、葉絵ちゃんのご機嫌をとることになった」

「ありえるわね。いえ、あの子にはそういうところがあるの。わざと難くせをつけて、相手がどうでてくるか、その反応をためすようなところが。ああやって、必死にご機嫌をとるというか、根気よくかまってくれれば、それが、あの子にとっては正解、OKなのよね。信悟さんと結婚してからは、それがいくらか薄らいで、私もつい忘れていたけど」

「その信悟くんだけど、葉絵ちゃんはどの程度まで、あの夫妻のことをご亭主に話しているのかなあ」

「そう、そうなんですよ、わたしもそこが気になる。お金を貸してることとか」と、またもや里子。

「言ってないでしょう、おそらく。わたしなら、夫には言わない」

「不倫とかの、うしろめたいことをしているからですか」と里子がしれっと言う。

「してなくてもッ」

玉子が思わずむきになったため、つかのま気まずさが漂った。

亡夫の親族に対する里子のむきだしの好奇心が、ときどき玉子の神経にはこたえた。

「あら、わたし、心配しているだけです」と、そのたびに里子は神妙に言うけれど、その目つき顔つきはことばを裏切って、浮きうきとおもしろがっているのは一目瞭然だった。

心配してくれているのは、本当だろう。だったら、そのまま余計なコメントは言わずにいてくれたほうが、よっぽど慰めになる。

と同時に、里子が他人への好奇心を持つことは、亡夫・和佐の死から、それだけ立ち直ってきている証拠だろうと、玉子は思うのだ。それでそうしつこく注意はできない。喪失感に沈みこんでいたころの里子には、他人への好奇心などかけらもなかったのを玉子は見てきている。

気まずさをほぐすように秋生が口をきった。

「しかし、あの窓香さんですか、あのひとは、ある種の男たちにとっては、たまらなくイイ女でしょうね」

玉子と里子は、はじかれたように秋生を見た。里子などは助手席で体をねじってふりかえり、目をパチクリさせて彼を見つめている。びっくりして、うんともすんとも言えないのは、玉子も同じだった。

秋生は女ふたりの反応を、あたかも予期していたかのように、たっぷり数十秒間、楽しんでから、さらりと言ってのけた。

「ぼくの好みのタイプではないですけどね、あのタイプに目のない男どもは何人か知ってますよ」

玉子と里子はまだ呆然《ぼうぜん》として口もきけない。

「あの魅力は独特なものらしいですよ。ちょっと淋《さび》しげで男心をくすぐる。ところがそこにつけこもうとすると、意外に鼻っぱしが強くて、ぱしりとやりかえされる。一貫して口かずは少ない。愛敬も愛想もない。けど、黙々と体を動かすのをいとわない性分で、その動きにはキレがある。一回拒否されても二回、三回と、めげずにアプローチしてゆくと、ある瞬間、くずれるらしいんです。そこもまたたまらないんだとか。ただし、窓香さんレベルのきれいさがあってこその、たまらなさであって、そんじょそこらの女が同じことをやっても、ぜんぜんだめですからね。言っておきますけど」

「それって、わたしのこと？」

と里子がふざけているでもない口調で問いかける。

「それにしても、窓香さんって、よく見ると、ものすごく整った、きれいな顔立ちですよね」

「なんらかの劣等感を心にかかえているんだろうなあ。その自信のなさが、どこかおどおどした濁《にご》った陰《かげ》になって、彼女の本来の美しさを台なしにしている」

「あのご亭主」

と言いかけて、あわてて玉子は言いなおす。

「あの氷雨センセイは、うちのはあちゃんを元気づけても、自分の妻をサポートしてあげてないのかしら」

すかさず里子が答える。

「だって自分の奥さんのセラピーしたって一円にもなりませんもの」

タクシーは三十分ほどで秋生宅につき、さらに十五分走って、玉子の自宅についた。

「おかあさん、お茶にします？」

と玄関口でサンダルをぬぎつつ里子にそう誘われたときになってはじめて、玉子は返事をするのも億劫《おっくう》なくらいに自分が疲れはてているのを知った。

　翌日の午後一時すぎ、玉子がスーパーマーケットのパートの仕事から帰る午後早くのタイミングをねらったように、葉絵から電話がかかってきた。

「きのうはごちそうさまでした」

　上機嫌な声だった。

「氷雨夫妻もとても喜んで、おかあさんにくれぐれもよろしくって」

「あらあら、ごていねいなこと」

「でね、氷雨センセイが言うには、きのうは初対面にもかかわらず、ずいぶんと失礼な態度をとってしまった。センセイとしては二次会でしっかりとおかあさんたちのお相手をするつもりでいたのに、三人とも帰っちゃったでしょ。センセイ、すごく気にしてるの」

「気にしないようにって、お伝えして」

「いえ、だから、そうじゃなくて、こんどはセンセイのほうがおわびをかねて一席もうけたいと。来週の土曜の夜あたり、きのうと同じメンバーでどうかしら」

　すぐにことばがでてこなかった。きのう、の、きょうである。疲れもまだたっぷりと残っている。

玉子の無言をどう好意的に解釈したのか、葉絵の機嫌のよさはくずれない。

「とりあえず秋生さんと里子さんの都合もきいてみてくれる？」

「……ええ、まあ、とりあえずはね」

「ところで、氷雨ご夫妻の印象どうだった？」

やっぱり、きいてきた。それは昨夜のうちから覚悟していた。そして、ここは葉絵をいたずらに刺激しないでおこう、と心に決めておいた無難なフレーズを舌の上にのせる。

「よさそうな方たちよね」

「そう思う？」

「里子さんと秋生さんもそう思ったみたい」

「あ、ほんと？　うれしいなあ」

心から喜んでいる葉絵の声に、玉子はふいにいじらしさをおぼえた。信悟という夫がいても、おそらく葉絵は淋しいのだ。孤独なのだ。六九朗という夫がいても、玉子がそうであったのと同じく。

長話にならないうちに、玉子は「あ、悪いけど、宅配がきたみたい」と言って、電話をきった。

電話をきってからしばらく玉子はその場から動けなかった。自室のベッドの端に腰かけつづけた。

不安材料のありすぎる氷雨夫妻と葉絵の関係を、どうしたらいいのか。いまのところは、回数はともかく金額的には小口《こぐち》にとどまっているそれを、なんと言って葉絵にやめさせるべきなのか。

また氷雨夫妻が食いものにしようとしている相手は、葉絵以外にもいるかもしれず、そちらで詐欺まがいの事件が起きないともかぎらない。そうなった場合は、葉絵も夫妻の親しい知人として、あらぬ疑いをかけられる可能性は大だった。関係者のひとりとして取り調べを受けたり、五丈ドラッグストアグループの四代目の妻のスキャンダルということで、地元メディアにあることないことを報じられたりするだろう。

そんなことになったら葉絵の人生はめちゃめちゃになる。

その夜、氷雨夫妻から誘われた食事会の件で秋生に電話したとき、玉子は心配でたまらない胸のうちを語らずにはいられなかった。

昨夜の食事会で目にした、夫妻によって葉絵が骨抜きにされている光景は、なぜか時間がたつにつれて、どんどん重くのしかかってきてもいた。どんな手段をもって夫妻から葉絵を引きはなせばいいのか、玉子には見当もつかない。

不安と心配のあまり声をうわずらせてしまいそうになる玉子を落ちつかせるように、

「先方からのお誘いは、当然、受けるべきでしょうね」

と秋生は、やや低めの声で言った。

「じつはきょう、ぼくのほうからも氷雨センセイに電話したんですよ」

「………」

「いえ、なに、きのうの食事会にきてくださってありがとうございます、のお礼の電話です。名刺交換してますから。そのとき先方から食事会のお誘いがあり、ひとまず玉子さんにおききしてからと」

「そう。ごめんなさい、秋生さん。何かと気をつかわせてしまって」

「で、そのときにちょっと世間話をかわすついでに、ぼくの友人に警察官になった者が複数いるという大うそを、それとなくついておきました」

「はあ？」

「言うならば抑止力というやつです。あの手の小悪党には多少のおどしは必要ですからね。葉絵ちゃんにこれ以上の悪さをすると、ただじゃおかないとクギを刺したまでです。案の定、氷雨センセイはぐっとことばにつまった様子でした」

「もうひとつの気がかりは前にも言ったけど信悟さんのことなの」

「正直、ぼくも気にはなってます。でも、玉子さん、信悟くんに具体的にどうきりだすつもりですか。そこの難しさを考えると、ここは静観しているしかないでしょう。夫婦問題に口出しするのは、ときとして地雷をふむに似たあぶなさとリスクがありますからね」

「そうなのよねえ。わたしとしても、もう、これ以上、葉絵に憎まれたくないし」

「だったら、信悟くんのほうは、当面は、そっとしておく、葉絵ちゃんまかせにしておく、と」

「わかりました」

「それと、この前言っていた六九兄さんが春子ちゃんの大学進学の資金をだしてくれると言っている話、里子さんがもう少しくわしく知りたがっているようなので、いちどその件で春子ちゃんもまじえて三人で会う約束になっています。玉子さんもご一緒にどうですか」

「悪いけど、そちらはあなたたちで話をすすめて」

いまさら別れた夫の顔など見たくもなかった。それに夫には玉子にかわって世話をしてくれる女性がいる。

電話をおえ、玉子は自室をあとにした。里子にも氷雨夫妻から誘われた食事会の件を伝えなくてはならない。

夕食のときは、まだ言える心境ではなかったのだ。秋生相手に、その不安や何やらをひととおり打ちあけて、ようやく気持ちの整理がついた。一貫して親身に耳を傾け、相談にのってくれる秋生のおかげだった。

里子も日ごろは親身な相談相手なのだけど、最近は、葉絵のこととなると、ほんの一滴おもしろくない気分がまじるらしく、その不幸を喜ぶようなニュアンスがちらついてきて、どうしても玉子を身構えさせてしまうのだ。

里子はキッチンで夕食のあとかたづけをすませ、弁当のおかずを小鍋で煮こんでいた。あすは日曜日だというのに、春子は模擬テストがあるらしい。一家三人とも弁当派だった。玉子はそれをパート先には持参せず、午後、帰宅後にひとり、ゆっくりと食べる。

煮もののしょうゆの香ばしさが立ちこめているキッチンに立っている里子の背後から声をかけた。

「あのね、里子さん、じつは氷雨夫妻から食事会のお誘いがあったの」

「ん、まあ」

驚きをかくさずに、里子が肩ごしにふりかえった。

「それって、どういうことです？」

「きのうの食事会は申しわけなかった、仕切り直しをしたい、ということらしいの」

「へえ、思ってたほど非常識なひとたちでもないんですね」

「先方から言ってきたのは、一週間後の土曜日の夜。里子さんはどうする？」

「どうするかって、おかあさん、きくまでもないじゃないですか。いきますよ、わたし」

「そう」

「あら、その声、なんだか、きてほしくなさそうな感じがしますけど」

「そうじゃない。もしそう聞こえたのなら、ごめんなさい。ちょっと、わたし、疲れているみたいで」

「気疲れですか」

「多分ね」

「むりもないですよ。きのうの食事会につづいて、きょうまた食事会のお誘いですものね。葉絵さんもそこのところもう少し考えてくれたらいいのに」

「あの子、母親のわたしを、そうやって試しているのよ。どこまで自分のわがままを受け入れてくれるか。多分、自覚はないのでしょうけれど」

「でも葉絵さんだって、もう三十九。十代の子供じゃないんですよ」

「それはそうだけど」

「こういう差別的な発言はいけないのを承知で、あえて言わせてもらいますけど、やっぱり子供のいないひとって、もちろん、ひとにもよりますけど、何歳になっても子供時代を引きずりつづけているみたいですね。親になれば、自分より大切な子供の存在に気をとられて、自分のことなんて、どうでもよくなるってこともあるんですけども」

そうともかぎらない、と玉子は胸のうちで思ったものの、口にはださなかった。

夫の六九朗がそのタイプにあてはまる。自分の子供がうまれてからも、結婚前からかわいがっていた秋生のほうに目を奪われがちだったし、長男の和佐はまだしも、第二子の葉絵に対しては冷淡なくらい無関心だった。

それについて夫に文句が言えなかったのは、夫の娘への無関心は、ひいては妻の玉子への無関心というメッセージのように読めて仕方がなかったからなのだ。まだ二十代の若い妻であり母であった玉子は、自分に自信がなく、だから非は自分にあると思いこんでもいた。

いまになってみると、夫と妻のどちらかに非があったわけではなく、夫婦としての相性がよくなかった、とかたづけるしかないことだけど、そういった微妙なぎこちなさが幼い葉絵の心に影を落としていたのかもしれない。自分は歓迎されずにうまれてきた子、というふうに。

さらに里子はあっけらかんと言い放った。

「じつの子にめぐまれないのなら、養子という考え方もありますけど、葉絵さんたちはどうなんでしょう」

「さあ。聞いたことはないけど」

「わたし、もうひとりうんでおけばよかったって、いまになって、つくづくそう思うんですよね。そうすれば、その子が大きくなって、子供のいない葉絵さんのところの養子になり、ひいては五丈家の跡とりになれば、あっちもこっちも万々歳《ばんばんざい》でしたもの。まったくの赤の他人じゃなくて、葉絵さんとは血のつながりがあるし、しかも、葉絵さんちはお金持ちだし」

あまりにも無邪気で無神経な物言いに、玉子はあきれはてて黙って里子を見つめた。

「そう思いません？　おかあさん」

「…………」

「葉絵さんもいろいろとあるひとだけど、うちの春子ちゃんへの対応を見ていると、子供にはやさしいひとなんですよね。だから、養子縁組みをしても、その子をうんとかわいがってくれただろうなって」

里子ははたせなかった夢物語りをしているのだと、話の途中から、玉子はようやく気がついた。

夫の和佐が生きていてくれたなら。和佐の子をもうひとりうんでいたなら。そして里子たちの家庭と、葉絵の家庭が親しく行き来していたなら、やがて子供たちがある程度の年齢に達したときに実現していたかもしれない、里子のささやかな夢。いまとなっては、どうがんばっても、ありえない夢……。実際、葉絵が信悟と再婚したのは、和佐の死後であり、彼は妹の再婚を知らずに急逝した。

「あれから、もう六年」と里子はため息まじりにつづける。

「春子ちゃんも、いまや高校生。母親のわたしたちといるよりも、お友だちといるときのほうが楽しいみたいだし、そのうち大学生になれば、もしかするとこの街からはなれているかもしれませんしねえ」

「あら、附属の大学にすすむのじゃなかったの？」

「ええ、わたしもそう思っていたのですけど、お友だちからもいろいろと話を聞かされているうちに、何かが芽ばえてきたようで」

「そうなの」

淋しさが一瞬かすめすぎてゆく。

里子も同様の気持ちらしかった。

「春子ちゃんがなんの問題もなく成長していっているのは喜ばしいことだけど、しっかりした子ほど早く親ばなれしていくようで、なんだか皮肉ですよねえ、おかあさん。子ばなれしたくないわたしが、ダメ親なのでしょうけど、でも、やっぱり、淋しい話……」

氷雨夫妻が指定してきた食事会の場所は、街中のビルの地階にある中華料理店である。時間は前回と同じく七時。

その前の晩、葉絵から確認の電話があり、さらに予想外の申し出もあった。

「氷雨センセイたちが、春子ちゃんも一緒にどうかって言ってるのだけど」

「春子ちゃんも?」

「わたしがしょっちゅう春子ちゃんの話をするものだから、実物を見たくなったのじゃないかな」

「いかないと思う、あの子は」

「わたしもそう言ってはあるの。ただ念のために春子ちゃんにきくだけはきいてみてくれない?」

「そんなまどろっこしいことはしないで、あなたから直接、春子ちゃんに電話してみて」

「あ、そうね、そうするわ。春子ちゃんのスマホのナンバー、前と変わってないわよね」

一時間とたたずに葉絵から玉子にメールが送られてきた。

「やっぱ断られました。勉強、忙しいんだそうで」

当日、玉子は約束の七時の十分前に中華料理店に到着した。

すでにスーツ姿の秋生がきていた。

案内されたのは個室ではなく、店の奥まったコーナーである。中央に回転式の小卓ののった中華風の円卓で、直径三メートルはありそうなビッグサイズだった。

温かなジャスミンティーを運んできたフロア係の女性に、秋生はなにげなくたずねた。

「こちら、個室はないんですか」

「はい。ございます」

「じゃあ、先約が入っていたんだ。残念でしたね」

と秋生が玉子に言ったのを、フロア係は自分に言われたと勘違いした。

「いえ、個室のご予約は入っておりません」

虚《きょ》をつかれた顔つきで秋生は玉子を見つめた。

ひとりやふたりではなく、多人数の食事会なのだから、個室があるのなら当然そこを予約する、というのが、秋生や玉子の、いちいち念を押すまでもない接客作法というものだった。しかも、ごく初歩的な、である。

「きっと、うっかりお忘れになったのでしょう」

と、玉子はとりつくろったけれど、内心では氷雨夫妻の配慮のあまさに面食《めんく》らってもいた。

七時五分前には里子が、つづけて、そのあとを追いかけるようにして葉絵があらわれた。

「センセイたちはまだなのね」

カレンダーは十月に入ったとはいえ、日中は真夏並みに気温の高い日が三日に一度くらいのわりでくりかえされていた。

それでいて日没後はぐんと冷えこんでくる。日中と夜間の温度差に対応しきれずに体調をくずすひとも多く、このところ玉子のパート先では風邪がはやっていた。空咳《からせき》がしきりとでる風邪だった。

里子は黒のインナーにグレーのジャケットという玉子には見なれた通勤着スタイルで、一方の葉絵はこの秋にむけて新調したらしい光沢のある茶色の布地を使ったコート丈のロングジャケットと、スカートのアンサンブルである。ジャケットの下はシルクの白いシンプルなブラウスを組みあわせている。

「うちのアホぼんが、珍しく風邪で寝こんでいるの」

と、だれに言うともなく言いつつ着席する。

「信悟さんが?」

「いやだ、おかあさん、ほかにいる?」

「ほっといていいの?」

「うん、だいじょうぶ。午前中に病院につれていって、お薬ももらってきたし。本人もいたって元気なんだけど、熱のせいで立って歩くと妙にフラつくのね。それがあぶなくて。けど今夜の食事会はキャンセルするなって、夫のほうから先に言ってくるぐらいだから」

そう言われたのが葉絵にはうれしかったらしく、語調のそこここに柔らかさがにじんだ。

のろけめいたことはめったに言わない娘の、その口調が玉子の耳にはやけに新鮮に聞こえた。

「熱、高いんですか?」と里子。

「うん、四十度近いのよ」

「あらァ、それだめですよ。ひとりでお留守番させるなんて」

「あんまりかまわれるのが好きじゃないひとなのね」

「口先だけじゃないですか」

「ううん、ほんと」

「なんなら、少し早めに帰られたほうが」

「そんなことしたら、わたしが怒られちゃう」

「どうして？」

「お客さんに気をつかってあたりまえ、という考えのひとなのよね。実家が、ほら、早い話、お薬を売るご商売だから、お客さんあってこそ、自分たちはごはんが食べられる、の感覚が骨のずいまでしみこんでいる。そういうふうに幼いころから育ってきているのね」

「そう、そう、そうでした。去年の秋に何年かぶりにおとうさんが家にきて、みんなと会ったときの信悟さんの気くばりには、わたし、もうびっくりするほど感心しましたもの」

「あのぐらいのこと、アホぼんにとっては、あさめしまえなのよ」

約束の七時を七分ほどすぎて、ようやく氷雨夫妻があらわれた。

乃木哉は前回と同様の、体に窮屈そうなグレーのスーツ上下、窓香もTシャツにジーンズ、それにカーディガンを加えたとはいえ、やはりラフないでたちだった。

「どうも、遅くなりまして」

そう口で言っているほど、遅刻を恥じているふうでもない乃木哉の顔つきだった。妻のほうは、ただ黙って、ぺこりと頭をさげ、それでおしまいである。

窓香のうしろに高校生ぐらいの男の子と女の子がついてきていた。

ここでも乃木哉は、まったく悪びれない態度をくずさなかった。

「わたしの甥《おい》と姪です。姉の子供なんですが、ちょっと家のなかがごたごたしていて、一時的にわたしどものほうに預かっています。甥は専門学校の一年、姪は高二で、そちらのお宅の春子ちゃんと同年です」

ふてくされているのか、それとも単に礼儀知らずなのか、十代の甥と姪は、玉子たちにひとことのあいさつもせず、むすりとした表情のまま席についた。夫妻はそれをとがめるでもなかった。

葉絵がつとめて何気なさを装って言った。

「甥ごさんたちもご一緒だとは、わたし、ぜんぜん知らなかったわ。もしかしたら、それで春子ちゃんにも声をかけて、ということだったわけ？」

「ええ」

とうなずいたのは窓香だったけれど、そこにも自分たちの勝手な都合で同伴者をふやしたことを、玉子たちがどう感じているのか、想像すらしていないまなざしがあった。

フロア係の女性がぶあついメニュー帳を、ふたりに一冊のわりで手わたしてきた。

料理はあらかじめ氷雨夫妻のほうで注文してあるのでは、と思いつつも、手わたされるままに玉子もメニューを受けとった。

と、そのとき乃木哉が自信たっぷりに威勢よく言い放った。

「さあ、みなさん、好きなものをどんどん注文してくださいよ」

(えっ?)といった表情になったのは玉子側の全員である。

夫妻に招待された食事会であり、その予算も知らないのに、どうやってオーダーすればいいのか。

その場の空気をいち早く読んだ秋生が、乃木哉にたずねた。

「あのう、料理のほうはまったく注文していないのでしょうか」

「はい。みなさんの好ききらいもあるでしょうし」

「何皿かオーダーして、それをみんなでとりわけて、というのではなく、ひとり一品という形でしょうか」

「いえ、一品でも二品でも三品でもけっこうですよ。どうぞ、お好きなだけ」

こうした場の仕切り方を、乃木哉はまるでわかっていなかった。

食事会にひとをまねくということすら、これまではなかったのかもしれない。

専門学校の一年生である甥が、見かねたように口をはさんできた。

「いや、そちらさんが言いたいのは品かずの問題じゃなくて……」

そのとたんだった。

乃木哉がすさまじい勢いで怒鳴りかえした。

「大人の話に口だしするんじゃないッ」

玉子たちはあ然として乃木哉を見た。

甥の言ったことばのどこが乃木哉を激高させたのか、まるで見当がつかなかった。

しかし、あ然としているのは葉絵をふくめた玉子たちだけで、窓香と姪は、うつむきがちに視線をそらせ、無関心を装っている。おそらく乃木哉の突然の激高や怒鳴り声にはなれているのだろう。

気まずい数秒間の沈黙のあと、秋生がとりなすように口をひらいた。

「そういうことでしたら、適当に見つくろって、まとめてオーダーしましょうか。ぼくにまかせてもらってもいいですか」

玉子はこくりと小さくうなずきかえす。葉絵と里子もそれにならう。

窓香と姪はまだ顔をあげようとはしない。

乃木哉はうなだれている甥を、しつこくにらみつづけている。

「では、オーダーの前に、個別にご要望のある方は、遠慮なく申し出てください。どうですか」

秋生の物言いは、ふだんにもまして物柔らかく、おだやかだった。乃木哉の怒鳴り声で、ぎこちなくこわばってしまった雰囲気を、どうにかして、なごませようとしていた。

そして秋生は高校二年の姪に話しかけた。

「ご希望の料理はありますか？」

その言い方が、よほどやさしく姪の心にとどいたらしく、彼女はほっと安堵《あんど》したように顔の表情をゆるませて秋生を見た。

「堅揚げめんの五目あんかけが好きです」

「そう。じゃあ、それも忘れずにオーダーして、と」

「あのう」

「はい？」

「みんなでとりわけるんじゃなく、わたし、それ、一皿まるごと食べたいんですけど」

食べざかりの十代ならではの率直で正直な願いがこめられていて、玉子は思わず頰がゆるんだ。孫の春子も似たようなことを言っていた記憶があるものの、それがどんな食べものであったか、どうしても思い出せない。

「なるほど、一皿まるごとですね」

そう秋生が復唱した瞬間だった。

「なに言ってんだッ、お前はッ。どうして、そう、いやしいんだッ、まったく、もう」

ふたたび場は凍りついた。

姪は口答えはせず、顔色も変えず、ただ目を伏せているだけだった。

秋生がむっとして言いかえした。

「氷雨センセイ、そうそう怒鳴らないでください。たかが、五目あんかけの話じゃありませんか」

「おことばをかえすようですが、これは身内の躾《しつけ》の問題です。口出しは、ご無用に願います」

それ以上、とりなす者はいなかった。

葉絵にしても、これまでは、あんなにも氷雨夫妻の信奉者だったのに、いまは目をそらして黙りこくっている。乃木哉のヒステリックな逆上を、葉絵もきょうまで知らなかったのだろうか。

とにかく不快このうえない状況だった。乃木哉のわけのわからない怒鳴り声がすべてを台なしにしてしまっていた。

玉子は、もう食事会などどうでもよく、早くこの場から退散したい一心だったものの、そこまで大人げない行動にでるのはためらわれた。

だれもがふっつりと口をつぐみ、無口になった。

「で、料理は何にします？」

と、長い沈黙にしびれをきらした乃木哉がだれにきくともなくそう言ったとき、ほとんど反射的に玉子は「堅揚げめんの五目あんかけ」と答えていた。秋生も里子も、そして葉絵さえも、すかさず、それに同調した。この場を早くきりあげたいのは玉子だけではなさそうだった。

結局、乃木哉と窓香夫妻を残す全員が、堅揚げめんの五目あんかけを注文した。

夫妻は、そのことに疑いをいだく様子もなく、ふたりそろってオーダーしたのはエビチャーハンである。乃木哉が決め、窓香もそれに従った。

無言は、料理が運ばれてきてからもつづいた。だれもしゃべろうとはしない。

気のせいか、夫妻をのぞく全員が、そそくさと箸を動かし、一分でも一秒でも早くこの場からはなれたがっているかのようだった。

二十分後、運ばれてくるのが遅かったため、ひとり遅れてエビチャーハンを食べていた窓香が、ようやく食べおえるのを待って、玉子たちは椅子から腰をあげた。

四人分の食事代も、秋生がそれとなく円卓の上に置く。

「あ、ここは、わたしどもが持ちますので」

と乃木哉の声が追ってくるのを無視して、四人は足早に店をあとにした。

ビルの地階にある店から地上にでたところで、葉絵がぽつりとつぶやいた。

「わたし、帰るわ。アホぼんも、風邪で寝こんでいることだし」

それがいい、と玉子と里子が、ほとんど同時にそう答えるそばでは、秋生が高く手をあげて通りかかったタクシーをとめていた。

「信悟さんによろしくね」

「風邪、くれぐれもお大事に」

「またそのうちに」

と口々に声をかけて、タクシーに乗りこんだ葉絵を見送った。

そのあと、前回と同じく、食事会につきあってくれたお礼に、玉子がタクシーをはりこんだ。秋生宅を経由する道順である。

中型のタクシーだったので、後部座席に、里子をまんなかにして、三人で並んだ。

「あんなふうに別人みたく豹変するの、わたし、はじめて見ました」

と、里子が口火をきった。乃木哉のことである。

「たまにいますね、あのタイプ」

と秋生が受けとめる。

「大人だけでいるぶんには、破綻なくしていられるのが、そこに子供がまじったりすると、まったく違う顔がでてくる。子煩悩《こぼんのう》の甘ちゃん顔なら問題がないけれど、でも、たいがいは、高圧的で、いばりちらす。あのセンセイはその典型ですね。怒鳴る必要もないのに、どうしてあんなにも怒鳴るのか」

「ご亭主としてのコンプレックスがあるのじゃない？　ほら、この前、秋生さんにお願いした探偵社の報告にあったでしょ。コンサルタント業の稼ぎは少なくて、ほとんど奥さんのヒモ状態だって。あのときは、ただ、ふうんと聞いていたけれど、きょうのあの光景をまのあたりにして、探偵社の報告のひとつひとつがすべてそのとおりだったって、あらためて思ったわ」

「なんです？　それ。探偵社とかなんとか」

と里子が勢いこんで問いただしてきた。

「七月ぐらいだったかな。ぼくの知りあいに探偵社の調査員をやっている男がいるんですが、氷雨夫妻のことで、玉子さんがあんまり心配するので頼んでみたんですよ」

「で？」

「今夜のようなことが、いずれ起きるのを予告している内容のレポートでしたね、いまになってみれば」

「それ、葉絵さんも知っているのですか」

「あの子には言わなかったの。あの子の性分として、口で言うだけじゃ、信じないから。特にわたしが言うと、いらない波風がたつし、秋生さんから報告してもらうと、こんどは秋生さんがあの子に憎まれてしまうし。そのうち時期をみてと思っているうちに、ずるずるときょうまできてしまったのよ」

「でも今夜の一件で、葉絵さんも目がさめたんじゃないでしょうか。あまりのショックで、顔まで変わってましたもの」

「いや、あの手の人間は、用心しておいたほうがいいです。一種の知能犯ですからね。しかも葉絵ちゃんからはすでに何十万円かを吸いあげてますから、その金づるを、そう簡単にあきらめるとは思えません。日にちと距離を置いて、葉絵ちゃんの反応をさぐりつつ、また近づいてくることは十分に考えられます」

「おかあさん、これは、やっぱり信悟さんの耳に入れておくべきじゃないでしょうか」

答えようがなく黙りこむ玉子にかわって秋生が引き受けた。

「信悟くんは、何もかもわかっていると、ぼくはそう思うな。葉絵ちゃんも、ご亭主に内緒にしているようでもないし。きっと、いまのところ、葉絵ちゃんのやってることは、信悟くんの許容範囲内なんでしょう」

「おカネのことも？」

「妻が個人的に雇っているコンサルタントへの支払い、相談料、ぐらいに見なしているのかもしれない」

「でも、葉絵さん、もしかすると不倫しているのかもしれないいんですよ、あの怒鳴り男と」

「しかし、その証拠はないでしょう」

と秋生がそくざに言いきった。

「葉絵ちゃんが、そう打ちあけたのならともかく、それはあくまでも里子さんの推測でしかない」

娘の不倫疑惑ににがにがしさを噛《か》みしめているであろう玉子の心中を察しての、秋生の発言だった。

確かに、葉絵が不倫の事実を、だれかに告白したわけではなく、認めたのでもなかった。ただ里子だけが、そうに違いない、とさわぎ立てているだけである。

秋生にたしなめられるような言い方をされながら、しかし、その夜の里子は、へそをまげるでもなく、機嫌をそこねた目つきをするでもなく、あっけらかんと言いかえした。

「言われてみると、ほんとに、そうね。わたしひとりがさわいでいる……もしかしたら、不倫願望があるのは、わたしかも。いやだ、夫もいないのに。それとも、わたし、淋しいのかしら」

最後のせりふに秋生が珍しく、はじかれたような笑い声をあげた。

それに対しても里子は表情をこわばらせることなく、ただ、うっすらと苦笑で返したのを、玉子は印象深く眺めていた。

氷雨夫妻の声かけによる食事会があった日をさかいに、葉絵はふつりと実家から足が遠のいた。

これまでは「氷雨詣で」の帰りに、一日置きに週三日はきていたのである。五月上旬の大型連休明けから、食事会のあった十月の一週目まで、それは途切れずにつづいた。

それとも「氷雨詣で」は相変わらずで、実家に立ち寄るのだけやめてしまったのか。最近、葉絵の姿を見ていない、と玉子がはっきりとそう気づいたのは、カレンダーが十一月に移ってからだった。

「そういえば里子さん、ここしばらくはあちゃん、うちにきていないわよね」

夕食時にそんなふうに切りだすと、里子は皿の上の焼き魚をほぐしていた箸をとめることなく答えた。

「ええ。かれこれ一ヵ月近く音さたがないですね」

「どうしたのかしら。それとも、わたし、またどこかで、あの子を怒らすようなことを言ってしまったのか」

「それはないと思いますよ。少なくとも、わたしがおぼえているかぎりでは」

「〝氷雨詣で〟はつづいてるわけ?」

「さあ、どうなんでしょう」

気のない返事だった。

あんなにも好奇心をかき立てられていたはずだったのに、里子は急速に興味を失ってしまったらしい。不倫だ、不倫だ、と、あおるように言いつのっているのは里子ひとりだけ、と秋生に指摘されたのが、ボディブローのようにあとになるほどに、じんわりときいてきたらしいのだ。以来、葉絵の名を自分から口にすることは、ほとんどなくなってもいた。

「氷雨夫妻におカネを巻きあげられてなければいいのだけど」

「そんなに心配なら、こちらから連絡してみたらどうですか」

里子の言うとおりだった。

食後、自室にもどった玉子は携帯電話から葉絵のスマートフォンにメールを送ってみた。いたずらに葉絵の気持ちを刺激しない当たりさわりのない内容である。

「どうしてますか。このところ見かけないので。氷雨夫妻もお元気ですか」

三十分後、返信メールがきた。

「夫ともども元気にやってます。氷雨夫妻とはしばらく会ってませんが、きっと、お元気でしょう」

一瞬、その文面がにわかには信じられなくて、玉子は、数回、読みかえした。しばらく会っていないのは何か理由なり事情なりがあってのことなのか。それとも関心がほかにそれたり、単に薄れたりしたからなのか、そのへんをもっとくわしく知りたかったものの、しつこい質問はいやがられるだけだと、それ以上のメールはしなかった。夫妻と疎遠になっていると知っただけで気持ちは晴れた。あとは、その疎遠がつづくのを願うばかりだ。

十一月なかばの日曜日の午後、秋生が事前の連絡もなく、プリンの箱を手にやってきた。

「いえね、留守なら留守でもかまわない、と。玄関先にこの箱を紙袋ごと置いておけばいいだけの話ですから。というわけで、これ、ちょっと食べてみてください。昔ふうの固めのプリンで、ぼくはその固めなのが気に入ってますが、春子ちゃんたちいまの若い世代にはどうなんだろう」

などと言いながら、リビングへとすすみ、ソファに腰かける。

あいにく春子は友だちの家にいっていて不在だった。

「飲みものは何がいいかしら」

と里子がすばやくキッチンに立つ。

「そうだなあ、ふつうのお茶にしてください。緑茶。グリーンティーで」

「おなか、すいていない？」

ソファの前のテーブルの上をかたづけながら、玉子もたずねた。

「お昼に、里子さんが五目ちらしをつくってくれたの。とっても、おいしいの。よかったら、秋生さんも」

「昼めし、遅かったんですよ。日曜だから、だらだらと朝寝したりして。わがままを言わせてもらうと、その五目ちらし、お持ち帰りにしてもらってもいいですか」

「わかりました」

里子がキッチンから上機嫌で答えた。

「そのようにしておきますから、秋生さん、帰りがけに忘れずに声をかけてくださいね」

ほどなく湯気のたつ緑茶の茶碗が運ばれてきた。

秋生の前にさしだされたのは来客用の白磁の茶碗だけれど、残るふたつにはマグカップが使われていた。

里子のそれはくまのプーさんがプリントされ、春子が小学生のころに愛用していたカップだった。春子があきて用済みにしたものを、里子が再利用するのは衣類だけにかぎらなかった。破れたり、こわれたり、色が抜けたりするまで、娘のおさがりを里子は使いきる。

玉子がふだん使っている陶器のマグカップは三個あり、そのうちの赤い花柄のが運ばれてきた。昨年の誕生日に里子と春子から贈られたマグである。三個のうちの青の一個は、亡くなった和佐がその昔プレゼントしてくれたもの、もう一個はそれと同じくらいに古く、大学生だった当時の葉絵の旅行みやげだ。こちらは黄色のマグと呼んでいる。

お茶を持ってきた里子は、そのままテーブルを囲む椅子のひとつに腰をおろした。テーブルの上には、秋生が買ってきたプリンの箱の封がとかれ、なかのひとつを玉子が手にとったところだった。

「葉絵ちゃんから氷雨夫妻の件、聞いてますか？」

秋生らしい、何気ない切りだし方だった。どこにも力点の置かれない口調である。

「いえ、何も。このあいだメールしたときは、夫妻とは最近あまり会っていないようだったけど」

「そうですか。やっぱりなあ」

「やっぱりなあって……」

「窓香さんとかいったあの奥方、不倫相手の男と逃げたらしいですよ」

「………」

驚きのあまり、玉子と里子は絶句した。ことばがでてこない。

「積もりにつもった不平不満が、あの奥方にはあったみたいです。ほら、食事会にきていた子供たち、乃木哉の甥と姪と言ってましたけど、本当は、彼と前の奥さんのあいだにできた子供たちで、彼のお姉さんの所に預けられてはいるけれど、そっちとこっちに行ったり来たりの生活だったそうです。離婚のことは、まわりにはもちろん、葉絵ちゃんにもかくしていたみたいで。コンサルタント業の看板に、離婚というのはマイナスのイメージになるかららしいですよ。食事会のときに見ましたよね、乃木哉氏が大声で怒鳴る姿。ぼくらの前ですらあなのですから、家庭では、もっとひどくて、DVやパワハラ、モラハラのオンパレードの毎日だったとか。奥方の窓香さんが一番の被害者で、子供たちをお姉さんの所に預けたのも、おそらく、それと無関係ではないでしょう」

「食事会での氷雨センセイを見ているせいか、いまのDVなどのお話を聞いても、まさか、とは思いませんものね」

と里子がひかえめな口調でコメントした。

聞いていて気持ちのいい話ではなく、玉子は食べはじめたプリンのスプーンを持つ手が途中でとまってしまった。そのままテーブルにいったんもどし、緑茶の入ったマグを手にとる。

「秋生さんはどこからその情報を？」

ときいたのは、ごく素朴な疑問で他意はなかった。

「うーん、そこがつらいところでしてねえ」

秋生は言いよどんだ。

「……じつは、人妻の窓香さんにちょっかいをだして、その気にさせて、家出をそそのかした相手の男というのは、ぼくの知りあいの知りあいの、そのまた知りあいの男、ということになりますか」

ふたたび玉子と里子はことばを失った。

ただ黙って秋生を見かえすしかない。

「いや、とにかく、まずは聞いてください。ぼくとしても、葉絵ちゃんが詐欺師の食いものになるのを、ただじっと眺めているのは耐えられなかったんです。何か方法はないか、どうしたらいいのか」

氷雨夫妻の素行調査を依頼した探偵社の調査員の男性を、結果報告とそのねぎらいをかねて軽く飲みに誘い、そうした心中をそれとなく口にすると、相手は造作もなく言った。

「ありますよ、やり方は、いろいろと。あの夫婦の場合は、夫婦仲を裂いちまえばいい。仲の良しあしはともかく、あの夫婦はつねに一緒に行動してますから、その片方をかっさらってしまえば、詐欺どころの話じゃなくなるでしょう。特にあの亭主なら」

悪い男たちのグループがある、とその男性調査員は語った。十代、二十代の悪ガキどもが、そのまま年齢をかさねて、四、五十代になったいまも、悪どいことに生きがいを感じているような連中の集まりだ。ゲーム感覚できわどいことをし、そのゲームに勝つことが、自分の優位性のあかしであり、生きがいであり、プライドであるような男たちである。

痴漢行為をしたり、結婚詐欺を働いたりし、逃げきった回数を自慢しあったり、女性にみつがせた金額で優劣を競いあう、そういうサイテーな男たちだ。

「ちょうど、あの窓香という人妻のタイプにぞっこんになる男、わたし、知ってますよ」

と調査員はつづけた。彼自身は三十代後半の既婚者だ。

その仕事師は四十代で、ねらった女性を口説きおとすその才能は仲間うちではピカイチだという。女性の資産なり金目《かねめ》のものを、とことん吸いあげるのを得意とする悪党だが、ときにはゲームのノリで、落とすには手ごわそうな既婚女性にもちょっかいをだすのだという。落とせるかどうかを賭けて、ただそれだけのために、である。

窓香はその男の好みのタイプそのものだ、と調査員は妙なタイコばんをおした。だから、話の持ってゆき方によっては、男は乗ってくるだろう。

「そいつはふつうの会社員なんですよ、独身の。しかし、金を吸いあげた女たちから訴えられたことはない。うまいんですよね、やり方が。カモになった女たちとだらだらと細く、長くつづけて、女たちがダマされていることに気づかないように仕向ける。女の好みのタイプはあるにしても、ぜったいに女には惚れない。やつの強味はそこでしょうね」

調査員の男と秋生がそうした会話をかわしたのは七月の下旬にさしかかったころで、窓香が男にそそのかされて家出をしたと聞かされたのは、それから三ヵ月ほどたってからだったという。二回目の食事会のすぐあとのことだ。

窓香はすでにこの街をはなれ、乃木哉のもとには記入済みの離婚届用紙が送られてきたものの、現在の所在地は不明である。

誘惑した男によると、予想以上にそれはあっけなく簡単だったようだ。

「まったくの楽勝。あの女、よっぽど亭主にイジメられてたらしく、とにかく、やさしくしてやれば、もうそれだけでこっちの言いなり。いじらしいほどに涙ぐんだりして。見かけと違って、ああも言いなりになるのは、かえっておもしろみがなくてつまらないもんだけど、外見はおれのタイプそのものだからなあ」

窓香はどうやら、他県の男の知りあいのもとに預けられ、働きにでているようだ、と調査員はつづけた。

夫の乃木哉から逃れるためと、そそのかした男が背負っている借金の返済を手助けするため、ということになっているけれど、もちろん借金話はでたらめだ。

しかし、窓香は、ヒモでしかないような、けれど少しもやさしみのない夫である乃木哉と長年いたせいか、惚れた男の借金の肩がわりなど苦にも感じていないようだった。ただただ夫には望んでもかなわなかった男からのいたわりや、ねぎらい、感謝のことばなどを心の支えとして、けなげに、一途《いちず》に仕事に励んでいる、という。

「亭主は、半狂乱になって女房のゆくえを探してるみたいですよ。わたしの読みどおりです。何かにつけて、夫が威張りちらしているけれど、実際は、夫のほうがべったりと女房に依存していたその典型です」

秋生の話は、玉子と里子にはショックすぎた。聞きおえてからも、ことばがでてこない。

ようやく里子が口をきった。

「……それで、この先、氷雨夫妻はどうなるんでしょう」

「さあ、どうなるのか。けど、関係者はみんな大人ですからね、ぼくたちが心配することもないでしょう。それよりも、葉絵ちゃんが何ごともなく無事に氷雨夫妻と手が切れて、ほっとしました。まあ、貸したカネはもどってこないでしょうけれど」

「借金の返済の名目で働かされている窓香さんの、いまの仕事って、やっぱりヨガ教室とかそっち方面？」

「まさか。ヨガ教室じゃあ、カネになりませんよ。調査員の男の口ぶりでは、居酒屋とかの水商売の下働きと、コンビニのバイトを、ふたつみっつ掛け持ちさせているようでしたね。風俗店に売りとばしたいけれど、四十歳じゃあ、とうが立ちすぎているし」

風俗店に売りとばす、と秋生がなにげなく言ってのけたせりふに、玉子と里子は同時に顔色を変えて秋生を見かえした。

秋生も敏感にそれを察知し、自分がしゃべりすぎたことに舌打ちする表情になり、ソファから腰を浮かす。

「それじゃあ、そろそろ、おいとましますか」

玉子は引きとめなかった。

里子も何も言わずに、お持ち帰り用に用意してあった五目ちらしをキッチンにとりにゆく。

玄関先で並んで秋生を見送りつつ、里子がつぶやいた。

「こう言ってはなんですけど、秋生さんて意外とこわいひとかもしれませんね」

「そう言えば、夫にも似たところがあったわね。いえ、あのふたりにかぎってじゃなく、男たち全般に言えることだけど。で、かくすのよ、男たちは、そのことを。女たちの前ではね」

「それって、なんですか」

「さあ……男たちがかくし持つ毒、とでも言うのか。ただし、毒は時と場合によっては魅力でもあるし、薬にもなる……」

吉報は翌月の十二月なかばに突然もたらされた。

葉絵が妊娠したのである。

しかも、すでに安定期に入った六ヵ月目だという。

それは平日の午後だった。玉子がパート仕事から自宅に帰ると、玄関前に葉絵のベンツが横づけされ、家のスペアキーを持つ葉絵は、居間のソファの上にだらしなく体を投げだしていた。キャメル色のウールのコートを着たままで、一見したところ、ふてくされた態度だった。また夫の信悟と喧嘩でもしたのかと、玉子は何もきかずに自室にいきかけたとき、葉絵がぶっきらぼうにことばをほうってきた。

「子供ができたの。出産予定日は四月」

言っていることがすぐにはのみこめなかった。

玉子はきょとんとその場に立ちつくし、葉絵のほうを、ただぼんやりと眺めやる。

ふたたび葉絵が言った。

「聞こえなかった？　わたし、母親になるの、赤ちゃんができたの」

言っている内容が玉子の脳にしっかりと伝達するまでにさらに数秒かかった。

そして数秒後、玉子は自分でもなんと言ったかわからない叫び声を口のなかで小さくあげ、次に葉絵が横たわるソファ近くの床に両膝をついていた。

「ほんとなの？　ほんとに、できたの？」

「うん、六ヵ月目。わたしも信じられなくて、もしかしたら流産して、まわりをがっかりさせるかもしれないから、安定期に入るまで黙っていたわけ」

再婚して六年、出産を望んではいても、妊娠のきざしはこれまで一度としてなかった。

不妊治療は信悟がいやがり、葉絵にしてもそこまで切実な問題ではなかった。

すでに夫婦はあきらめかけていた。

四十代目前の妻と四十代なかばの夫という年齢的なものもある。

「それで信悟さんはなんて？」

「きのうの晩に、ようやく報告したの」

「そしたら？」

「うそだろうって反射的にそう言ってから黙りこくってしまって……よく見ると、あのひと、泣いてるの……考えてみると、わたしたち夫婦、子供のことについては、ふれないようにしてきたのよね。傷つけあうだけのような気がして」

葉絵にしても、それまで規則正しかった生理がとまった八月、すぐに妊娠にはむすびつけられなかった。

まっ先に疑ったのは婦人科の病気である。とはいえ、体の不調はまったくなく、不気味なほどの健康体だ。

次に思ったのは、早めにきた更年期症状だった。最近は三十代からその徴候があらわれる女性がいるという記事を読んだ記憶がよみがえってもきた。

とりあえず様子を見よう、と八月と九月をやりすごし、しかし、十月になっても、やはり生理はとまったままで、そこでようやく病院へいったのだ。

妊娠四ヵ月、と医師から告げられたとき、脳天をつきぬけるような喜びと同時に襲ってきたのは、無事に出産までこぎつけられるのかといった、刺すような不安とおそれだった。

六年間、コントロールしていたわけでもないのに、妊娠しなかったのである。

なのに、ここにきて急に妊娠したとはどういうことなのか。はたして正常な妊娠なのか。おなかの子供はちゃんと育ってくれるのか。

葉絵が夫の信悟にも打ちあけられずに、そうした不安にさいなまれていた時期に、氷雨夫妻との二回目の食事会がおこなわれた。

うそのように悪阻《つわり》には悩まされることもなかったから、ふつうに飲食ができ、だれにも気づかれずにすんだ。

葉絵としては、妊娠が安定期に入ってから周囲に告げるつもりだった。告げたあとで流産し、まわりを落胆させたり悲しませるようなことだけは避けたかった。

きのうの午前中に検診にいき「赤ちゃんは順調に育ってます、もう心配はないでしょう」との医師のおすみつきを得て、夜、勤めから帰った信悟に、はじめて報告した。

喜びで目もとをぬらした信悟が、しみじみ感心したように言ったものである。

「この五ヵ月近く、よく、黙っていられたな。だれよりも妊婦であるきみ自身が、不安で心配でたまらなかっただろうに。がんばってくれたね。ありがとう。その強さ、きみはきっといい母親になるね」

葉絵の話を聞きつつ、玉子も、五ヵ月近くも自分ひとりでかかえこんできた娘の意地と、そのいじらしさに胸がつまった。

言わずにはいられなかった。

「はあちゃん、おめでとう。こんなうれしいことはないわ」

こみあげてくるもので声がふるえた。

コートを着たままソファに横たわっていた葉絵が、ゆっくりと上体を起こし、キャメルのコートをぬぐ。

「電話ですむ話なのに、なんだか、おかあさんにはじかに会って、顔を見て、言いたかったのよ。そうすれば親孝行したような気持ちになれるような気がして」

「とりあえず、お茶でもいれましょう」

と玉子はうれしさをかみしめつつ、キッチンにむかった。

お湯をわかし、食器棚から急須をとりだす。器は来客用の白磁ではなく、玉子用に三つあるマグカップのうちの二個を使う。

和佐がプレゼントしてくれた青のマグと、学生だったころの葉絵の小旅行みやげである黄色のマグだ。

「氷雨センセイのこと、聞いた?」

いまはそんな話は不適切と頭のすみで思いつつも、(いや、だからこそいまなのだ)という思いが同時に玉子の内側をかけめぐる。

「ええ。なんか、大変みたいね」

そう答える葉絵の口ぶりは、いたってそっけなかった。

「窓香さんがセンセイの所から逃げだしたんでしょ。不倫相手の男と一緒になるとかで。ヨガ教室で窓香さんの助手のようなことをやっていた女の子から聞いたわ。こうなってみると、あの夫妻を知るひとはみんな、当然の結果だって言ってるんだって。確かに、わたしもその話を聞いたとき、そんなに意外じゃなかった」

そっけなさは、むりにそうしているのではない感じだった。

葉絵の心は、来春の出産のことでいっぱいにうまり、それ以外は受けつけられないという状態らしい。

その反応は、玉子をほっとさせた。

要は、ちょっとした詐欺にひっかかり、いくばくかの金銭をとられた、それだけの出来事として、すでに葉絵のなかで片づけられてしまっているのだろう。

葉絵は一時間ほどで帰っていった。

今夜は夫婦そろって信悟の両親を訪ね、出産予定の報告をしにいくのだという。そう語る葉絵は、一点のくもりもない幸せな笑顔だった。

その日の夕食どきに、玉子は、葉絵の妊娠を里子に告げた。

箸の動きが途中でとまるほど里子の驚きは大きかった。

そして高校生の春子の帰宅がまだなのをいいことに、里子はすかさず口走ったものである。

「で、父親はだれですか？」

玉子はむっとした。返事はしなかった。

里子が自分の失敗に気づき反省するまで、無言をつづけた。

約三分後、里子が身をちぢめるようにしてうなだれ、謝ってきた。

「すいません。とんでもないこと言ってしまって。忘れてください。ほんとにごめんなさい」

「里子さん、二度とばかなこと言わないと約束して、二度と、絶対に」

「はい、約束します、必ず守ります」

さらに三分後、里子はしみじみとした口調で、ひとりごとのようにつぶやいた。

「子供って不思議ですよねえ。わたしの知りあいのご夫婦もずっと子供にめぐまれなくて、で、もうあきらめて犬を飼ったところ、その二年後に妊娠したんですよ。さらに、その子を出産した一年後にまた妊娠。はずみがついたとしか言いようのない立てつづけの妊娠でしたね。お医者さんにも説明のつかない命の神秘とか、生命の奇跡って、あるんだなって、そのとき実感しました」

翌年の四月、葉絵は出産した。
四千グラムもある大きな、見るからに丈夫そうな男の子だった。
父親の信悟から一字とって、信一朗《しんいちろう》と名づけられた。

解説

吉田伸子

藤堂さんの物語を読むたびに思うのは、人物の配置がずば抜けている、ということだ。その好例が、「桜ハウス」シリーズなのだが、あちらが〝家主〟である蝶子《ちようこ》のもとに住まう女たちのシェアハウスもの（の先駆け）だとしたら、本書は〝実家もの〟である。その実家に暮らすのは、関野寺玉子《せきのでらたまこ》と、玉子の長男・和佐《かずさ》の嫁である里子《さとこ》、和佐と里子の一人娘で、玉子には孫にあたる春子《はるこ》の三人だ。

和佐は五年前、歩道に乗りあげ暴走してきた乗用車にはねられ亡くなった。失意のあまり、いっときは体重が十キロほども減った玉子の世話をし、支えとなったのが里子母《おや》娘《こ》だった。和佐が里子と結婚した当時、玉子は五十歳。息子夫婦とは別居し、ほどよい距離を置いてきたこともあり、以来十年間、嫁 姑《よめしゆうとめ》の関係は「他人行儀、というルールを、たがいに、それとなく、きっちりと守りつづけて」いた。

けれど、その「ほどよい距離」は、和佐の突然の死によって、変わってしまう。和佐の死から一年が過ぎ、ようやく悲しみの底から立ち直りつつあった玉子は、里子から思いがけない相談を受ける。それは、自分と春子をこの家に置いてもらえないか、ということだった。玉子は里子と春子を受け入れる。以来、関野寺家では、女三代が住まうことに。

この導入部の鮮やかなこと。そもそもが他人である嫁と姑という、とかく敵対関係に陥りやすい微妙な間柄（断言しますが、仲良し嫁姑関係というのは、レアケースです。その場合、どちらかの或《あ》るいは双方の、多大な努力の上に成り立ったものだと思《おぼ》し召《め》せ）を、共に、大事な夫、大事な息子を喪《うしな》った〝同士〟にすることで、物語の土台を固めているのだ。藤堂さんの人物の配置の妙が、ここにも生きている。それだけではない。玉子には葉絵《はえ》という娘――バツイチ同士である、ドラッグストアのチェーン店の御曹司と再婚――がいて、この葉絵がしょっちゅう実家にやって来ては、関野寺家というか、玉子の心に波風を立てていく、という設定である。

この葉絵の配置が、全くもって絶妙だ。和佐を喪った、もう若くない二人の女が身を寄せ合って、互いを労《いたわ》りあいながら暮らしていく、という、ともすれば綺麗事《きれいごと》になりがちな世界を、ちょうどいい塩梅《あんばい》で、キナ臭く、生臭いものにしているのである。尤《もっと》も、葉絵の存在がなくとも、そこはやっぱりなさぬ仲の玉子と里子ですからね、水面下ではそりゃ微妙な駆け引きというか、心理戦はあるわけで、その辺りの描写のチクリとした感じは、とりわけ女性読者なら頷《うなず》いてしまうはずだ。

それは例えば、春子のリクエストで、夕食にトンカツを作った時のこと。六十五歳の玉子は、加齢による食欲の衰えなどないから、春子と同様にトンカツをぺろりと平らげることができる。けれど、玉子よりも二十五歳年下で四十歳の里子は、最近は揚げものは胃にもたれがちだ、とつぶやいている。ならば、と、玉子は残業で遅くなった里子に、トンカツではなく、豚肉のしょうが焼きを作るのだ。仕事を持っている里子にかわって、関野寺家の家事一切は、ほぼ玉子が担っているからだ。

これ、男性にはピンとこないかもしれませんが、夕食のメニューを二種類作るというの、結構な手間なんです。できれば玉子だって、里子にもトンカツで済ませたいはずなんです。でも、里子のために、〝敢《あ》えて〟しょうが焼きを作るわけです。そして、ここが肝心、その〝敢えて〟というのを、玉子は口にしない。どうするかというと、翌日の春子のお弁当用のトンカツ（一緒に下準備したのですね）を「わざと里子の目の高さの段の、しかも手前にラップをかけて冷蔵庫に入れて」おくわけです。うわ〜〜〜っ、策士やなぁ、玉子はん！　で、それを見た（というか、嫌でも目に入るわけです）里子は言うのだ。「まあ、わたしだけしょうが焼きにしてくれたんですね。すいません、おかあさん」と。もう、ここのくだり、にやにやしてしまいました。

この箇所は冒頭でさらりと描かれているのだが、これだけで、その同居の成立事情ゆえの一見麗しそうな嫁姑関係が、その実結構スリリングなものだということが、読者には分かるようになっていて、そこが本当に巧《うま》い。このスリリングさに輪をかけての、葉絵の存在、である。

葉絵の造形もまた抜群だ。年齢は、里子より二つ下の三十八歳。何せ再婚相手の婚家にはたっぷりとお金がある。いわゆるセレブ、なのである。しかも、顔もスタイルも抜群、若い頃からモテまくりの、女王様気質。ね、これだけ書き出しても、ヤな女じゃないですか。しかししかし、葉絵の嫌ったらしさはそんなところよりも何よりも、女にだらしない夫とやり合うたびに実家に逗留《とうりゆう》し、その間、玉子に「からんで、からんで、からみ抜く」ことなのだ。葉絵にすれば、「そうされても仕方がないだけのことを、玉子は娘にやらかしてきた」「心理的虐待」だった、とこの二十年言い張り続けているからだ。

いわく、なんでも兄を優先して自分は後回しだった。いわく、自分の目標は医者になることだったのに、兄と違い、塾に通わせてもらえなかったために成績が伸びず、仕方なく薬剤師の道を選んだ。いわく、いわく、いわく……。親としてはたまったもんじゃない。葉絵をないがしろにしてきたつもりは、これっぽっちもない玉子だったが、「まったく不本意ながらも」「謝りつづけた時期もあった」が、今では「自分へのからみ癖をまるごと受けとめ」ることにしている。要するに、葉絵は、〝大きな子ども〟なのである。これ、玉子は本当にしんどいと思う。けれども、物語の構図としては、惚《ほ》れ惚《ぼ》れするくらい鮮やかだ。

水面下の心理戦はそれなりに交わされているものの、表面上は穏やかな関野寺家。そこを襲う圧倒的な破壊力を誇る、葉絵という台風。けれど、この葉絵が物語の中では、実にいいアクセントになっているのだ。全く鼻持ちならない女なのだけど、時折気遣いや優しさを見せることもある。夫の死後、仕事探しに苦労していた里子に、就職先を紹介したのは葉絵だったのだ。紹介先の社長に気に入られ、三年経《た》った今では社長の秘書役も兼ねている里子を「美人じゃなくて、色気もないのが、かえっていいんでしょうよ」とばっさり言い切ることも忘れないが。

と、ここまで書いてきて、賢明な読者の方なら思うはずだ。玉子の夫はどうしたのだ？　と。既に鬼籍に入っているのか？　と。関野寺家の家長である玉子の夫については、第二話の「父かえる」をお読みください。これがまた、実に、実に、な展開で、作者の藤堂さんの仕掛けに、思わず唸《うな》ってしまうほど。続く第三話では、第二話にも登場した、玉子の夫のいとこ（夫の母方の伯母《おば》が病没した後、その婚家に嫁いできた女の連れ子なので、血のつながりはない）である、塔村秋生《とうむらあきお》が、葉絵の〝危機〟に、いい仕事をします。

そして、その第三話の終わりには、思いがけないサプライズも！

ともあれ、本書の読みどころは、玉子と里子、それに葉絵の、女ならではの三つ巴《どもえ》の心理が実に細やかに、丁寧に描かれているところだ。分かりやすい〝悪役〟でありつつ、時折ちらっといい面ものぞかせる葉絵、意外と煮ても焼いても食えないし、人の悪いところもある里子、一番おっとりとしているように見えて、その実策士だったりもする玉子。根底にあるのは、作者の藤堂さんの、女性、ひいては人間に対する、ニュートラルな視点なのだと思う。同時に、たとえば優しいだけ、意地悪なだけ、というのではなく、人には誰しも二面性があるのだ、状況次第では誰もが菩薩《ぼさつ》にも夜叉にもなり得るのだ、という思いが、藤堂さんの中にあるからなのでは、と思う。そのわきまえ方があるからこそ、藤堂さんの物語は面白いのだと、私は思う。

第三話の終わりに用意されていたサプライズといい、本書では玉子や里子、葉絵ほどには出番がなかった春子といい、ぜひ続編も読みたいと思う。高校生の春子はもちろん、玉子だって、里子だって、まだまだこれから！　藤堂さんが彼女たちにどんなドラマを用意してくれるのか、楽しみに待ちたい。

最後に、本書をドラマ化した場合（ドラマに向いていると思うのです）の、〝勝手にキャスティング〟を。玉子には浅茅陽子《あさぢようこ》、里子には木村多江《きむらたえ》、そして葉絵には天海祐希《あまみゆうき》、で。木村多江の里子役、かなりいいのでは、と自負しております。

（よしだ・のぶこ　文芸評論家）